ベリーズ文庫

極上スパダリと溺愛婚
～年下御曹司・冷酷副社長・執着ドクター編～
【ベリーズ文庫溺愛アンソロジー】

STARTS
スターツ出版株式会社

目次

大嫌いなドクターが最愛の夫になるまで　宝月なごみ

欲しいのは、あなただけ
～年下御曹司はママも子供も一途に愛す～

葉月りゅう

鈍色の婚姻

慌ただしい師走《しわす》が終わり、新しい年を迎えた。

おせちを食べて初詣に行き、なにかと忙《せわ》しない元旦から一夜明けた今日は、実家である大正ロマンを感じるお屋敷の大広間で書き初めをしている。

江戸時代から続く呉服屋を営む名家である秋満《あきみつ》家では、一月二日にお手伝いさんや従業員が集まって書き初めをするのが習わしとなっているのだ。

各々《おのおの》が抱負や目標を書く中、長い髪を後ろでお団子に纏《まと》めた私は、筆を握る小さな手に自分の手を添える。一緒に墨汁をつけ、ゆっくり半紙に下ろしていく。

「ここからこうやって……そうそう！　上手ね、璃人《りひと》」

私が手を離してからも真剣な顔でぐにゃっとした線を書く、数日後に二歳の誕生日を迎える息子を褒め称《たた》えた。それもつかの間、彼は塗り絵をするように半紙を真っ黒に塗りたくろうとするものだから、「こらこらこら！」と慌てて止めた。

私たちの様子に、周りから微笑《ほほえ》ましげな笑い声があがる。璃人も楽しいらしく、柔らかなほっぺにえくぼを作って可愛い笑い声を響かせた。

なによりも愛《いと》しい、大切な大切な宝物。抱きしめたい衝動に駆られるも、私の着物に墨がついてしまいかねないのでなんとか抑えた。

私、秋満栞《しおり》は二十九歳で璃人を産み、東京《とうきょう》・銀座《ぎんざ》に構える呉服屋『かがり』の本店で働いている。といっても今はまだ子育てがメインなので、予約が入った時に着付け教室で講師として教える程度だが、いいバランスで日々過ごせていると思う。

璃人が初めての書き初めに奮闘していると、藍白色《あいじろいろ》の着物を纏った私の母がやってきた。品のいい笑みを湛《たた》えて皆《みんな》に挨拶する彼女を見て、璃人は筆を持ったまま声をあげる。

「ばーば、おめっと！」

「璃人ちゃん、あけましておめでとうございます」

璃人の前に膝をついて丁寧に頭を下げる母は、昨日も同じことをしたのに嬉《うれ》しそう。私もくすっと笑いつつ、「あけましておめでとうの挨拶は一回でいいのよ」と言って璃人の頭を撫《な》でた。

そのうち彼は満足したようで、部屋の隅にトコトコと歩いていき車のおもちゃで遊び始める。面倒を見るのはお手伝いさんに任せ、私は隣で墨をすり始める母にぼやく。

「江戸時代の商家の頃から続く伝統だっていうけど、すっごく面倒だから大人も書き初めするのはやめにしてほしいわ。まあ、やめてほしいのはこれだけじゃないけど」

書き初めなんて可愛《かわい》いほうだ。秋満家には昔からのしきたりやしがらみが多くて嫌になることばかりである。

ひとり娘の私は、幼い頃から〝婿をもらい、血筋を絶やさないために必ず子供を産みなさい〟と言い聞かされてきた。時代錯誤もいいところだ。この家がとても歴史のある名家だというのはわかっているが、令和の時代にこの使命を果たせというのはなかなか酷じゃないだろうか。

「そうね。でも秋満家に生まれたからには、いろんな制約を守っていかなきゃいけないのよ。もう十分わかっているでしょう」

母は笑みを絶やさずに淡々と答えた。

優しさと強さを兼ね備えた彼女は、基本的に私の考えを理解してくれるし呉服屋の女将《おかみ》としても尊敬しているのだが、時々厳しいことをさらっと言う。

彼女自身もここに嫁いできたわけで、理不尽なこともたくさん経験してきたはずなのに、すべて納得しているのだろうか。

「……お母さんはそれで幸せなの？　お父さんとも政略結婚だったのに」

「幸せに決まってるじゃない。栞を産むことができたんだから」

彼女は綺麗《きれい》な笑みをこちらに向け、迷いなく答えた。

その言葉に嘘《うそ》があるようには感じないけれど、ズルいなぁと思う。そんなふうに言われたら、もうなにも文句をつけられなくなってしまう。

とはいえ、自分も母親になったからその気持ちはよくわかる。璃人がいればそれだけで幸せだ。最愛の人との奇跡を授かったのだから。

息子の笑顔を眺め、あの人の面影を感じてややしんみりしていた時、廊下のほうから「栞」と呼ばれた。顔を向けると、貫禄《かんろく》のある着物姿の父が立っている。

なんとなく嫌な予感がするも腰を上げてそちらへ向かい、用件を聞く。

「明日、鴨志田《かもしだ》先生がご子息の弘《ひろむ》くんと一緒にお見えになるそうだ。くれぐれも粗相のないようにな」

それを聞いただけで、父がなにを言いたいのかはすぐに察した。

鴨志田先生は父と懇意にしている政治家で、その息子さんが私との結婚を望んでいるというのは以前から聞いている。きっと明日もその話が出るに違いない。

シングルマザーとはいえ、名家の娘である私。父は様々な業界に顔が利くし、政略的なメリットから結婚を望む人はいるようだ。私にはまったくその気がないというのに。

「……お父さん、私は結婚しないとあれほど言ったはずですが」

　皆には聞こえないよう声を抑えつつ、挑戦的な目で父を見上げた。彼も受けて立つと言わんばかりの厳しい視線を私に向ける。

「弘くんは婿に入って、別の男との子を持つお前と快く夫婦になろうとしてくれているんだぞ。お前に断る選択肢などないだろう」

　ぴしゃりと言い放った父は、引く素振りを見せない私にため息を漏らして顔を近づけてくる。

「璃人に父親が必要だと思わないのか？　あの子に寂しい思いをさせないためにも、責任を取りなさい」

　冷ややかな言葉が胸に刺さり、不覚にも動揺してしまった。ぐっと黙り込む私を置いて、父は踵《きびす》を返して立ち去る。

　……ズルいのは父も同じだった。私の弱みである璃人を引き合いに出すのだから。

　璃人の父親は、今日本にいない。彼が海外赴任になったことだけでなく、彼の身分と私の家の事情が邪魔をして、お互い結婚したいと望んでいたが叶《かな》わなかった。

　今でも大好きなくせに、私が自分から別れを切り出したのだ。璃人から父親を奪ってしまったのは私だとわかっている。

でも、璃人は誰でもいいから父親になってほしいと願うだろうか。愛のない結婚をして、本当に責任を取ったことになる？　自分の気持ちを押し殺すことが贖罪《しょくざい》になるのだろうか。

「納得いかない……」

母の隣に戻ってきた私は、沸々と湧いてくる怒りと共にそう呟《つぶや》き、筆を手に取る。憤《いきどお》りを抑えられず、感情を込めて筆を下ろした。

達筆で書き上げた【打倒、父】の字を見て、母がおかしそうに笑う。怒りもしない彼女だが、「これは早くお焚《た》き上げしないとね～」と言い、サッと半紙を取り上げた。

ひとつ息を吐き出して、無邪気に車を並べて遊んでいるわが子を見つめる。

あの子の父親はただひとり。他の人と夫婦になるなんて、どうしても考えられない。

深紅の愛情

遠野一瑠《とおのいちる》――その名前を知ったのは、私が二十七歳の頃。

きっかけは、『楠木《くすのき》百貨店』という、地方の人でもその名は知っているだろう有名デパートで行った着物の展示会。いくつかの呉服屋が出店し一般の方向けに販売するもので、その日は私も開店前に会場に行って着物姿のまま準備を手伝っていた。

そこで声をかけてきたのが、百貨店の社員で催事担当をしていた彼だった。

＊　＊

「とても素敵なディスプレイですね。男の僕でも目を引かれます」

突然耳に入ってきた爽やかな声にはっとして振り向くと、スーツ姿の若い男性が私が並べていた華やかな生地を見ている。

咄嗟《とっさ》に「ありがとうございます」と口にしたが、私も見惚《みと》れてしまった。彼の中性的でとても整った顔立ちに。

うっとりするようなアーモンド形の目、すっと通った高い鼻に潤いのある唇。ふわっとしたショートヘアもよく似合っていて、その髪の流れすらもセクシーに見える魅惑的な人だ。

販売推進部の遠野さん、というのか。私より若そうだけれど自信に満ちていて、その佇《たたず》まいになんだか威厳のようなものを感じるな……。

彼の首に下げられた社員証を見てそんなふうに思っていると、彼がこちらに笑みを向ける。

「驚きました。かがりさんのような老舗《しにせ》呉服店がうちの催事に出店してくれるだけでもすごいのに、秋満家のご令嬢が自ら設営するとは」

私が秋満家の娘だと知っていたので目を丸くするも、この業界ではわが家はわりと有名だし不思議ではない。

彼の言う通り、両親が営む本店はいくつもの小売店が集まる今回のような展示会には参加していない。しかし、私が任されているのは姉妹店のほうで、比較的自由にやらせてもらっているのでこういった場にも出せるのだ。

「私たちの姉妹店では、本店よりも少しカジュアルで比較的手頃な価格のものを取り揃《そろ》えているので。楠木さんには若い方もたくさんいらっしゃいますし、気軽に見ていただく機会になればと。それに、私が準備をするのも当然のことなんですよ」

箱の中から、和柄の鼻緒が可愛い草履《ぞうり》を丁寧に取り出しながら言う。

「自分が惚《ほ》れ込んで買い取った品ですから。それをお客様に一番美しく見せられるのは、私にしかできないと思いまして」

呉服の仕入れは難しい。きっと売れるだろうと見込んだ定番の柄がいつまでも残ってしまったり、少し奇抜なデザインのものがあっさり売れたりする。

しかしきちんと作られた商品は、大事に管理さえしていれば何年経《た》っても質が落ちることはない。この草履もそうやって長く愛《め》でてきたものだから、今日こそは誰かの目に留まってほしいと願って美しく飾るのだ。

一番見栄えがよくなる位置はどこかとあれこれ試す私を、遠野さんはどことなく情熱を孕《はら》んだ瞳で見つめて頷《うなず》く。

「なるほど。やはり他店とは一線を画していますね。あなたの品物の魅せ方やお客様に対する姿勢、とても美しいです」

そんなふうに褒められるのは初めてで、私は照れまくりの笑顔で「ありがとうございます……！」と返した。彼のほうこそ言動がとてもスマートで、誰よりも洗練されているように感じながら。

後から聞いたところ、遠野さんは私の三歳年下の二十四歳だと判明した。若いのに紳士的で、堂々とした姿には感服させられる。

同じ年の十一月、再び展示会で遠野さんと会えてなんとなく嬉しくなっていたのだが、彼はなぜか私のところへお客様を連れてきた。

遠野さん曰《いわ》く、お客様がなにやら困った様子だったので声をかけたところ、他の小売店の販売員に無理やり売りつけられそうになってしまい、嫌な思いをしたという。そこで彼は、「いいところがありますよ」と言い、かがりを紹介してくれたのだそう。

着物について知識のないお客様は、よくわからないまま販売員の意見に従ってしまう人も多く、高額な商品を売りつけられる問題はよく起こる。そういう売り方は私も無論許せないし、遠野さんがこちらに連れてきてくれてよかった。

展示会が終わり撤収作業をしている最中、彼がその話をして苦笑を漏らす。

「本当は僕が口出しするべきではないんですが。せっかくここに来てくださったのに、嫌な思いをしたまま帰っていただきたくなくて、黙っていられませんでした」

「遠野さんのお気持ちは素晴らしいですよ。結果、お客様に満足してもらえましたし。利益だけを求める人は商品にもお客様にも愛がないですから、販売員として失格です。もう一度社会人一年目からやり直すべきですね」

きっぱり言い放つと、私の剣幕に驚いたように彼は目をぱちくりさせ、ぷっと噴き出した。

「秋満さんって、わりと毒舌なんですね。どんな人にも優しい仏のようなイメージだったので、少し意外です」

「買いかぶりすぎです。私、そんなに〝いい子〟ではありませんよ」

遠野さんはだいぶ私を美化していたようなので、ふふっといたずらっぽく笑った。

するとふいに彼の笑みがどこか含みのあるものに変化していく。

「じゃあ、僕がお誘いしたら乗ってくださいますか？」

やや顔を近づけ、声を潜めて突然そんなふうに言われ、私はキョトンとした。彼の表情が紳士的なものから、危険な雄《おす》の雰囲気を感じさせるものに変わっていて、ドクンと鼓動が波打つ。

「えっ……？」

「いい子じゃないなら、こんな男の突然の誘いにも乗ってくれるかもしれないないなと思って」

意味深に言った彼はおもむろに名刺を取り出し、その裏にペンを走らせる。私に差し出されたそれには、『六本木《ろっぽんぎ》　B.friend』と書いてある。お店の名前かなにかだろうか。

呆然《ぼうぜん》とそれを見下ろす私に、遠野さんは「仕事が終わったら、ここで待っています」と告げる。ぱっと上げた私の視界には、わずかに口角を上げて仕事に戻っていく彼の姿が映った。

私は名刺を持ったまましばし固まって、ぐるぐると考えを巡らせる。

私、誘われたの？　あんなイケメンの、しかも年下の男の子に。

恋愛経験はまったくないわけじゃない。けれど、こんなふうに誘われたのは人生初で、否応《いやおう》なく胸が弾む。

いや、待って。そもそもからかわれただけかもしれない。普通に考えればその可能性のほうが高いはずだ。私は着物を着ているおかげで、もしかしたらちょっといい女っぽく見えるかもしれないが、顔立ちは素朴なほうだし特別モテる容姿でもないのだから。

彼が本当に待っているわけがない。……そう思いながらも、ロマンチックな期待を捨てきれない自分がいる。

東京タワーの近くに構えるかがりの姉妹店に戻り、すべての片づけを終えた私は、本能に従って六本木に向かっていた。アプリを頼りにB.friendというバーの入り口へたどり着くと、足を止めてひとつ息を吐く。

遠野さんがいなかったら、ひとりでお酒を楽しんで帰ろう。新しいお店を開拓できたのだと思えば、この時間も無駄じゃない。まあ、ちょっと虚《むな》しくはなるけれど。

そんな気持ちで思いきってドアを開け、地下へ続く階段を下りていく。オレンジの明かりが優しく灯《とも》る薄暗い店内に入り、カウンター席に座るスーツ姿の男性を見て目を見開いた。

気だるげにグラスを傾ける姿も絵になる彼が私に気づき、背筋を伸ばして同じように目を見張る。

「……本当に来た」

「……あなたこそ」

お互いにぽかんとして呟くと、遠野さんはわずかに頬を赤らめて片手で口元を隠す。

「ダメ元だったのにな。……やばい、嬉しすぎる」

予想外の反応に、私の胸がきゅんと音を立てた。私が来ただけで、そんなに喜んでくれるなんて。

あんなに手慣れた調子で誘っておきながら照れている。やや強引な男らしさと、年相応の可愛らしさが共存していて、そのアンバランスさがまた魅力的だ。

これは危ないかも……。うっかりハマってしまいそうな危機感を抱くも、隣に座るよう促す彼に従って腰を下ろした。

鮮やかな赤色の見た目に惹《ひ》かれて、ジャックローズというカクテルをとりあえず頼む私に、妙に甘く感じる視線が向けられる。

「私服だとまた印象が違いますね。着物姿も、どちらも素敵です」

照れていたかと思いきや、もう紳士的な彼に戻っていて心臓が騒がしい。

今日はタートルネックのニットにロングスカートといういたって普通の格好だけれど、それすらも褒めてくれるので口元が緩みっぱなしだ。きっと髪を切ってもすぐに気づくタイプなんだろうな。

「本当に褒め上手ですね。手慣れてるなぁ」

「勘違いしないでくださいよ。こんなふうに女性を誘ったのは初めてなんですから」

「またまた」

容姿だけでも絶対にモテていたはずだし、女性経験もそれなりにあるだろう。本気にせず笑い飛ばす私に、遠野さんはほんの少しムッとした顔になった。

あ、機嫌を損ねてしまったかしら。と不安になったのもつかの間、彼は苦笑を漏らしてグラスを口に運ぶ。

「秋満さんの気を引くには少し背伸びしたほうがいいんじゃないかとか、いろいろ考えてました。場所もカッコつけて咄嗟にバーにしましたけど、どちらかと言えば気取らない居酒屋のほうが好きです」

「私も、居酒屋で枝豆つまみながら日本酒飲むのが好き。というか、私相手に背伸びする必要なんて……」

全然ないのに、と言いかけてはたと気づいた。

「ん？　〝気を引く〟？」

聞き捨てならないひと言を繰り返すと、遠野さんはジントニックをひと口飲んでから「そうですよ」と頷いた。グラスを置き、こちらに真剣な眼差《まなざ》しを向ける。

「あなたの特別な存在になりたいので。俺をひとりの男として見てほしいんです」

ストレートな言葉に、心臓が大きく飛び跳ねた。

ここまでの甘い展開は予想していなかった……。ちょうど差し出されたジャックローズと同じように、私の顔も真っ赤になっていたに違いない。

その日は彼の可愛い一面と、プライベートでは一人称が〝俺〟になることを知り、呼び方がお互いに名前に変わった。もっと彼のことを知りたい欲求が止められなくて、時間の許す限りたくさん話をした。

一瑠くんは自分の考えと目標をしっかり持っていて、周りのこともちゃんと見えていて気遣いもできる人。その点では年下とは思えず、話すのもとても楽しくて、彼と過ごす時間は間違いなく特別なものになった。

それからも数回ふたりきりで会い、私は自分の恋心をはっきりと自覚していた。これまでにないくらい急速に、大きく膨らんでいると。

しかし同時に、その想《おも》いを持ち続けていいのかという迷いも生まれた。

私には、婿をもらい必ず子供を作るという使命が課せられている。ずっと反発してきたが、逃れられないならせめて条件を呑《の》んでくれる相手を自分で探そうと、三十歳になるまでは好きにやらせてほしいと父を説得した。

そうして相手を見つけられないまま二十七歳になった今、恋に落ちたのは三歳年下の男の子。タイムリミットまでに、彼以上に好きな人はきっとできない。

でも仮に付き合ったとしても、まだ若い彼に婿になってくれなんて重い話をするのはためらわれる。

約一カ月後のクリスマス、都内の広い公園で一瑠くんとイルミネーションを眺めている時も、幸せを感じる一方でそんな葛藤《かっとう》に苛《さいな》まれていた。

ふいに、冷えた手を取られてはっとする。大きくて骨張った男らしい手で包み込んだ彼は、穏やかな表情で口を開く。

「俺、初めてひと目惚れしたんです。栞さんに会った時に」

突然の爆弾発言に、私は思わず「えっ」と声を漏らし、目を見開いて固まった。

「商品を眺める栞さんが本当に幸せそうで、この人は自分の仕事に誇りを持っているんだなってすぐにわかりました。そういうあなたの凛《りん》とした美しさに惹かれて、自然に近づきたくなって声をかけたんです」

初対面の時の心情を打ち明けた彼は、情熱的な眼差しをこちらへ一心に向けてくる。

「栞さん、好きです。他の誰よりも」

はっきりと告白されて、心の底から幸福な感情が込み上げてきた。

彼はいつも想いをまっすぐ伝えてくれる。すごく、すごく嬉しくて、私の口からも白い息と共に本音がこぼれる。

「私も……一瑠くんが好き。これまでの恋とは比べものにならないくらい」

葛藤はあれど、この気持ちだけは確かで変わりようがない。迷いなく伝えて微笑むと、一瑠くんは安堵《あんど》と嬉しさが入り交じったような表情を見せ、私をしっかりと抱き寄せた。

「俺の恋人になってください。あなたの全部が欲しい」

甘く囁《ささや》かれ、心臓がうるさいくらいに激しく鳴る。幸せを噛《か》みしめながら彼のコートをきゅっと掴《つか》み、「私も同じ。ずっとこうしていたい」と本音を吐露した。

しかし、加速しそうな想いにブレーキがかかる。

このまま受け入れてもいずれ一瑠くんを困らせてしまうかもしれないと、無理やり気持ちを留《とど》めて彼の胸を押す。

「でも私もうすぐ三十歳だし、一応名家の娘だし、付き合うといろいろと面倒になるよ。一瑠くんはまだ若いから、この先もっと素敵な人が現れるかも――」

不安要素を口にしていた最中、物理的に声が出せなくなった。彼の唇に塞がれて。

急に降ってきたほんのり温かなキスに、息さえも止まる。唖然《あぜん》とする私を、ゆっくり唇を離した彼が厳しさのある真剣な瞳で見つめる。

「これでも伝わらないですか？　栞さん以外に考えられないくらい、俺が本気だってこと」

「い、一瑠くん……」

「年齢とか家柄とか、そんなのはどうでもいい。大事なのはお互いの気持ちでしょう」

切実な面持ちで諭され、胸の奥がじわじわと熱くなる。

こんなふうに言ってくれる人、今までにいなかった。この人とならしがらみを断ち切れるかもしれないと、不安よりも期待のほうが上回る。

理不尽な家の決まり事に、まだ抗《あらが》ってもいいだろうか。一瑠くんの強い愛を信じてみたい。

「……そうだよね」とぽつりと呟き、囲われた腕の中で彼を見上げて微笑む。

「自分の気持ちを大事にする。一瑠くんの愛もしっかり伝わってるよ。ありがとう」

ちょっぴり照れつつ、「よろしくお願いします」と頭を下げて交際を承諾すると、彼はほっとしたように表情を緩めた。

「よかった……。でも、俺はまだ伝え足りないかな」

「え？」

キョトンとしたのもつかの間、再び唇が近づいてきたので思わず彼の口に手を当てて阻止してしまった。

すっかりふたりの世界に入っていたけれど、ここはそれなりに人が訪れる公園内。周りからの視線に今さらながら気づいてめちゃくちゃ恥ずかしい。

不満げな顔をする一瑠くんがおかしくてくすっと笑う。

「ここはほら、目立つから。早くふたりきりになりたい」

自然にそう口から出たのだが、彼の表情がみるみる男らしくなっていく。あ、なんか大胆発言みたいになっちゃった？とはっとした瞬間、耳元に彼の顔が近づき「じゃあ、俺の部屋でもいいですか？」と囁かれた。

心拍数が急上昇する。一瞬ためらうも拒否する気はまったく起こらず、こくりと頷いた。

——熱を持て余したまま向かった一瑠くんの住処《すみか》は、品があるシックな低層レジデンス。彼の部屋も、インテリアはシンプルなのにセンスのよさが感じられる。

その寝室に入るなり、私たちはタガが外れたかのごとくお互いの唇を貪《むさぼ》った。一瑠くんは愛しそうに何度も「可愛い」と囁き、私の服を脱がしながら至るところにキスをする。

身体《からだ》を重ねるのはご無沙汰《ぶさた》で年のわりに慣れていない私を、さりげなくリードしてくれる彼。それなりに経験があるのだろうと思うと、頼もしい反面なんとなく悔しくなってしまう。

「……一瑠くんは余裕ね。私は緊張でどうにかなりそうなのに」

「俺だって緊張してますよ。でも、それ以上に興奮する。琹さんを隅々まで愛せるなんて」

私をベッドに組み敷き、頬を紅潮させてそう言う彼がセクシーすぎる。今私を求めてくれているのがありありと感じられ、それだけで単純に嬉しかった。

唇がとろけそうなくらいたっぷりキスをして、シーツに蜜が滴《したた》るほど感じさせられて、私たちはひとつになった。

「はっ……栞さん、わかる？　俺が、どれだけあなたを好きか」

「んっ、うん……私も、大好き」

愛を伝え合いながら、滾《たぎ》る熱に何度も貫かれる。意識が飛びそうなほど甘い快楽を与えられ、幸せすぎて自然に涙が滲《にじ》んだ。

こんなに心も身体も深く繋《つな》がってしまったら、もう離れられない。この愛しい人をいつまでも大切にしようと、淫《みだ》らに抱き合いながら胸に誓った。


仕事中はうつつを抜かしたりせず、会えた時は甘くとろける時間を過ごす。そうして順調に交際を続けて四カ月が経ち、薄紅色の花が咲く季節になった。

一瑠くんのリビングの窓からは、日が沈んで瑠璃色《るりいろ》に変わった空にライトアップされ始めた桜が浮かぶ、美しい景色が見える。今年は開花時期がやや遅めだったらしい。

しかし、私たちはそれにそぐわない強張《こわば》った面持ちでソファに座っている。

昼間、急に一瑠くんから『話したいことがあります』と連絡が来て、なにがあったんだろうと気になっていたけれど……。

「再来月から、海外へ行くことになりました。ヨーロッパ圏にも店舗を展開する予定なんですが、その統括を任されたんです。急に俺に白羽の矢が立って……驚かせてすみません」

彼から重々しい口調で打ち明けられたのは、私にショックを与えるには十分な話だった。

もう一瑠くんがいない生活は考えられないくらい、大きな存在になっているのに……。動揺を隠せないまま、ひとまず期間を尋ねてみる。

「それは、どのくらいの期間？」

「軌道に乗るまで、早くても三年ぐらいかかるんじゃないかと」

「三年……」

付き合い始めてから毎日のように会っていた私たちにとって、それはあまりにも長い年月。少しの間なら耐えられるけれど、さすがに心が折れそうになった。

しかし、これは一瑠くんにとってはかなり重要なプロジェクトに違いない。

統括を任されるなんて、並の社員には回ってこない話のはず。それだけ期待されているのだから、私は快《こころよ》く送り出してあげるべきなのだろう。……本音を押し殺して。

強張る口の端を無理やり持ち上げ、必死に物わかりのいい女を演じる。

「一瑠くんがすごくデキる人なのは知ってたけど、そこまでの任務を任されるなんてびっくり。大出世だし、頑張らないといけないね」

「まあ、今回の事業はターニングポイントになりますね。これを成功させなければ、ただの親の七光りだと思われそうなので」

「……親の七光り？」

どこか厳しさを感じる声色とその言葉が引っかかって聞き返すと、彼は神妙な面持ちで口を動かす。

「実は、俺の父は『楠木ホールディングス』の社長なんです」

「し、社長⁉」

思わずすっとんきょうな声をあげてしまった。

楠木百貨店を始めとして、国内だけでなく中国などアジア圏にも店舗を持つ大企業の社長がお父様？　一瑠くんは御曹司だったの⁉

でも、そう考えれば納得できる。年のわりに堂々とした振る舞いは、きっと経営者の息子という境遇から培《つちか》われたもの。若いのにいいレジデンスに住んでいるなと思っていたが、それも元々裕福だからできることなのだろう。

そして今回の人事も、跡取りとしての力を試されているに違いない。おそらくこれまでは、経験を積むために一般社員として各部署に配属されていたのだろう。

楠木という社名は、遠野家の家紋であるクスノキの花が由来らしい。だから、社長の苗字《みょうじ》までは知らなかった……まさかそんな繋がりがあったなんて。

唖然として固まる私に、一瑠くんは申し訳なさそうにまつ毛を伏せる。

「いつか言わなければと思っていたけど、このタイミングになってしまって本当にすみません。昔から色眼鏡で見られることが多くて、内緒にするクセがついていたんです。でも、栞さんはそんな人ではないって信じてますから」

私も昔からいろいろな偏見を持たれることがあったから、色眼鏡で見られる苦労は共感できる。御曹司だろうと一般庶民だろうと、彼への愛が不純なものになるわけじゃない。

「もちろんよ。一瑠くんは一瑠くんだもの。素性《すじょう》を知ったって見る目は変わらない」

きっぱり言い切ると、一瑠くんはほっとした表情を見せた。そしてすぐに真面目な面持ちに戻り、私を熱く見つめる。

「栞さん、結婚しませんか」

唐突なプロポーズに、私は目を見開いた。

彼は私の手に自分のそれを重ねて続ける。

「恋人関係のまま三年も離れるのは、正直心許《こころもと》ないでしょう。本音を言えば、俺と一緒についていてきてほしい。それが難しいならせめて籍だけでも入れて、法的にも結ばれている証《あかし》が欲しいです」

一瑠くんも私との長い将来を考えてくれている。それはとても嬉しくて、感極まって涙が込み上げてくる。でも――。

ぎゅっと目をつむって意を決し、彼の手を放した。

「栞さん？」

「……ごめんなさい。それは、難しいと思う」

勝手に締めつけられてしまう喉をなんとか開いて声を出した。

一瑠くんは一瞬言葉を失い、とても悲しそうな顔になっていく。彼がこんな顔をするのは初めてで、心が引き裂かれそうだ。

「……どうして」

「私もできるなら一瑠くんと生きていきたい。でも、秋満家では婿になるっていう条件を満たせる人でないと、結婚を認めてもらえないの。一瑠くんが楠木の跡を継ぐなら、私とは一緒にならないほうがいい」

秋満家の条件に、さすがの彼も瞠目《どうもく》する。泣くのを堪《た》え、震える声で「私も黙ってごめんね」と謝り、力なく俯《うつむ》いた。

一瑠くんもひとりっ子だと言っていた。つまり跡取りとなるのは彼しかおらず、楠木ホールディングスの将来を託される存在。そんな大きなものを背負う人に、私の家に入ってくれなんて到底言えない。

しかし、彼は諦《あきら》める素振りは見せずに訴える。

「なら、俺があなたのご両親を説得する。婿に入らなくても、かがりを守ることはできるはずだ」

「それだけじゃダメなの。秋満家は江戸時代から続く名家で、父はその血筋を途絶えさせることを絶対に許さない。私の子供と、秋満の名前を残さなくちゃいけないのよ」

私が遠野家の人間になったら、秋満の名前は途絶える。それは一瑠くんにとっても同じで、婿入りしたら遠野の名前は途絶える。私たちが結婚するのは、こんなにも難しいことだったんだ。

彼もそれを重々理解したのだろう。力強かった表情が苦悩に歪《ゆが》む。

「……家柄とか、仕事のことは関係ないって今も思ってる。なのに、いい解決策をすぐに見つけられない自分が情けない」

心底悔しそうにそう吐き出し、ぐっと手を握る彼を見るのが苦しい。私も家を捨てる覚悟ができず、プロポーズを受け入れられない自分に嫌気が差した。


あっという間に桜が散り、瑞々《みずみず》しい新緑が街を彩るようになった。世間はゴールデンウィークに突入し、かがりの前の通りを行き交う人たちは皆楽しそうだが、私と一瑠くんはいまだに答えを出せず、浮かない日々が続いている。

なんだか気分だけじゃなく身体も重くて、仕入れた反物を棚に並べるだけでため息が漏れてしまう。そんな私の耳に、スタッフの女性陣が楽しげに話す声が届く。

「ねえ、楠木の催事担当だったあのイケメンくん、まさかの御曹司だったんですって！」

「そうなの⁉　まあでも、他の若い子とはオーラが違ったものね。納得だわ〜」

まさかの彼の話題でドキリとする。どうやら例のプロジェクトが進行するにつれて、彼の正体についての噂《うわさ》も回ってきているようだ。

今の私には気まずい内容だわ……と思いながら、高いところに置いてある箱を取ろうと手を伸ばした、その時。急に目の前がチカチカして頭が重くなり、身体から力が抜けるような感覚を抱いた。

ふらついて咄嗟に近くのテーブルに寄りかかり、箱を落としてしまった。その音で異変に気づいたスタッフたちが駆け寄り、私の身体を支えてくれる。

「栞ちゃん！　大丈夫？」

「ごめんなさい……貧血かな。ちょっとふらついて」

「やだ、休んでちょうだい。お店は私たちに任せて」

頼りになるベテランさんがそう言ってくれたので、お言葉に甘えて少し休憩室で座らせてもらうことにした。その間もなんとなく気持ち悪くて、どうしたんだろうと首をかしげる。

が、しばらくして思い当たった。今月はまだ生理が来ていないことに。

ひとつの可能性が浮かび、胸がざわめく。なんとか仕事を終えてから薬局へ行き、初めて検査薬を買った。帰宅してすぐトイレに駆け込みそれを試して、異様に緊張しながら結果を見る。

検査薬の小窓には、陽性反応を示す青い線がはっきりと出ていた。

「嘘……」

私、妊娠している？　一瑠くんとの赤ちゃんが、ここに――。

お腹にそっと手を当て、信じられない気持ちと同時に湧いてきたのは不安ではなく、この上ない喜びと安堵だった。

その瞬間に悟った。私がなにより怖かったのは、一瑠くん以外の人との子供を産むことだと。

他の誰かに抱かれるなんて想像すらしたくないけれど、彼と結婚できなければ私の未来は確実にそうなるだろう。でも、もしちゃんと妊娠していて何事もなく出産できれば、この子のおかげで秋満家の血筋は保たれる。

父には激怒されそうだが、きっと産むことを反対されはしないはず。いや、反対されたって絶対に守ってみせる。

大好きな人との、唯一無二の宝物だ。この子だけはなにがあっても幸せにする。たとえ、一瑠くんと一緒になれなくても。

後日、産婦人科で検査してもらい、妊娠六週目だとわかった。

心拍を確認して母子手帳をもらうと、母になる実感と共に自分でも不思議なくらい力強い気持ちが湧いてきた。母親って本当にすごいと思う。

体調は優れないものの、つわりだとわかっているだけでも心持ちは違う。タイミングを見計らってスタッフの皆にも話すつもりだが、最も悩むのはやはり両親だ。

どうやって打ち明ければ一番穏便に済むかとあれこれ考えている時、一瑠くんから【会いたい】と連絡が来た。

プロポーズを断って以来、年度末ということもあってお互いに忙しく、ここ数日は会えずにいた。私はもう次に彼と会ったらどうするかを決めていたので、いよいよかと腹を括《くく》る。

赤ちゃんのことは絶対に内緒にする。知られたら、一瑠くんはきっと責任を感じて自分の仕事に集中できなくなってしまう。海外での一大プロジェクトを目前にして、彼に迷惑をかけたくない。

五月も半ばに差しかかったある日の仕事終わり、覚悟を決めて待ち合わせ場所に指定された芝公園に向かった。そこから東京タワーを目指して歩く。なんとなくレトロな東京タワーが好きだと、以前私が話していたのを覚えていてくれたらしい。

久々に上った展望台からは、東京タワー以上に高いビルが並んでいるもののスカイツリーより夜景がはっきりと見えて、これもなかなかの迫力がある。

ふたり並んでそれを眺めながら、しばしたわいない話をしていた。しかし、一瑠くんも本題に入らなければといった調子で表情を引きしめ、「結婚のことですが」と切り出す。

「栞さんのお父さんよりも、俺の両親を説得するほうがいいんじゃないかと思って話したんです。栞さんの名前は出してないけど、結婚したい人がいて、その人と一緒になるには婿に入ることが条件だって」

彼がそこまでしてくれていたとは思わず、胸がじんとした。ほんのわずかな期待を抱き、続きを促す。

「ご両親はなんて？」

「うちも跡継ぎは代々遠野家の人間と決まっている、と……。どうかしてますよね、血筋にばかりこだわるなんて」

彼は嘲《あざけ》るように鼻で笑い、私も望みが打ち砕かれて肩を落とした。

私たちが思うよりずっと、両親たちにとっては血の繋がりが大事なのだろう。納得はいかないけれど、それも家族の意見だからないがしろにできない。

諦めの笑みを浮かべて「そっか」と呟く私に対し、一瑠くんは力強い眼差しで抵抗の意思を露《あら》わにする。

「でも、絶対に両親の考えを変えてみせます。だからどうか、もう少し待っていてもらえませんか？　俺が結婚したい人は、あなた以外ありえない」

そんなに想ってくれて、本当に嬉しい。込み上げてくるものを堪えて、なんとか笑顔を作る。

「……ありがとう。でも、ごめんなさい。一瑠くんに愛してもらえて、最高に幸せだったよ」

終わりを示唆《しさ》した私の言葉に、彼の表情が強張る。

「私たちのような家の人間にとって、結婚は自分たちだけのものじゃない。反対を押し切って結婚できたとしても、それでいい未来が作れるとは思えないの」

彼が遠野家の、私が秋満家の人間である限り、どうしたってしがらみがつきまとう。たとえ私がすべてを捨てて一瑠くんについていったとしても、両親や店への罪悪感をずっと抱き続けることになるだろう。そしてそれは、一瑠くんにとっても同じ。

ぐっと手を握ってひとつ息を吸い、意を決して彼を見つめる。

「だから、私は待たない。あなたも、別の幸せを見つけてほしい」

きっぱりと告げると、綺麗な顔がつらそうに歪んでいく。

「栞さん……諦めるんですか？　確かに難しい問題だけど、ふたりなら乗り越えられるかもしれないのに」

憤りを必死に抑えているような若干震える声を投げかけられ、胸が痛くてたまらない。しかし、もう決めたことだ。

「ほら、いい子じゃないでしょう、私」

泣きそうになりながらもいたずらっぽく口角を上げると、彼は目を見張った。

「こんな私との将来を真剣に考えてくれて、本当にありがとう。海外でも頑張ってね。……さよなら」

別れの言葉を告げ、涙がこぼれる前にくるりと後ろを向いて足早に歩き出す。

「栞さん！」と呼ぶ声が響いたけれど、きっと彼も私を止める術《すべ》がわからなくなったのだろう。追いかけてはこなかった。

エレベーターで降り出口へ向かいながら、心の中で何度も謝罪を繰り返す。

誠心誠意向き合おうとしてくれたのに、無下にしてしまってごめんなさい。あなたの子でもあるのに、妊娠のことを告げず勝手に別れを選んでごめんなさい。

でも、申し訳ない気持ちと同じくらい、感謝でいっぱいだ。あなたに出会わなければ、こんなに苦しくて愛しい感情が溢《あふ》れ出ることもきっとなかった。

さっきまで一緒に見下ろしていた景色の中にひとりで降り立つと、気持ちの糸が切れたように一気に涙腺が崩壊する。夜の闇に紛れて、子供みたいに泣いた。

一瑠くんと別れた翌日、私は実家の居間に両親を呼んだ。私のただならぬ様子を察したのか怪訝な顔をする両親の前で、私は姿勢を正して告白する。

「私、お腹に赤ちゃんがいます」

いきなりの爆弾発言に、父は言葉を失い、母は「えっ……!?」と声を裏返らせた。

もうなにも怖くなくなった私は、落ち着いた口調で続ける。

「彼は私をすごく大切にしてくれて、将来のことも真剣に考えていました。でも、彼が仕事で急きょ海外へ行くことになって……」

そこまで話すと、案の定立腹した父が般若《はんにゃ》のような形相で声を荒らげる。

「それのどこが真剣なんだ？　そいつはお前をただ弄《もてあそ》んだだけじゃないのか!?」

「違う！　私たちはちゃんと愛し合っていて、結婚するつもりだった。家の事情さえなければ……！」

悔しさを露わにして下唇を噛み、太ももの上に置いた手をぐっと握った。

母は〝家の事情〟にぴくりと反応し、気の毒そうにまつ毛を伏せる。同じ女として、私の気持ちをわかってくれているのかもしれない。

軽く深呼吸し、再び気持ちを落ち着けて口を開く。

「彼がどうしても婿になれない立場だと知ったから、妊娠も打ち明けずにお別れしてきました。でも赤ちゃんのおかげで、秋満の血を絶やすことはない。この子は、秋満家にとっても救世主でしょう」

「それはそうだが……」

「だから、お願いします。この子を跡取りとして育てさせてください」

まだ声に怒気を含んでいる父を押し切るように、膝の前に両手をついて深く頭を下げた。ふたりともかなり戸惑っていたものの、私が想像していたような罵倒《ばとう》はされなかった。


父は厳しいとはいえ、人の心がないわけではない。その後も話し合いをして、父親が誰かわからないままでも、赤ちゃんを産み実家で世話をすることを許してくれた。

母もあまり根掘り葉掘り聞いたりはせず、妊娠中から産後までしっかり私を気遣ってくれた。そうやって支えてもらうと、やはり親からのサポートもなく子育てするのは難しかっただろうなと感じる。

翌年の一月、瑠璃色の空が広がる夜明けの頃に、私は無事出産を終えた。

愛しいわが子を抱いた時、他にはなにもいらないと思うほどの幸福感に満たされた反面、やっぱり彼にも抱かせてあげたかったと切なさも感じた。

けれど、後悔はしていない。これは自分で決めた道なのだから。

この子が将来〝産まれてきてよかった〟と思えるように、彼の分まで愛情をかけて育ててみせる。

白銀の再会

まだまだ新年のめでたい気分が抜けない一月三日、約束通りわが家に鴨志田親子がやってきた。

五十代半ばの鴨志田先生は、見た目は普通のサラリーマンのようだが、やはりそれとは違う貫禄をどことなく漂わせている。彼の息子である弘さんは、やや長めの髪と醤油顔《しょうゆがお》、そして軽い口調が三十二歳にしては少々チャラく感じる人だ。

ふたりには以前にもお会いしている。議員秘書を務める弘さんは国会での姿がイケメンだと話題になり、モテ男だという噂もあるので、一般の人にも認知されているだろう。

料亭のように豪華な料理を用意したお座敷に、彼らと向き合う形で私と父が座って、なんとも居心地の悪い会食が始まった。

政治の話に適当に相づちを打ちながら黙々と食事をし、それが終わった頃に「じゃあ、あとは若いふたりで」と、お決まりかつ古い言葉を残して父たちが部屋を出ていった。

襖《ふすま》が閉まり静かになると、目の前の弘さんが私を見つめてにこりと微笑む。

「やっとふたりになれましたね、栞さん」

「あの、本当に私と結婚したいと思っていらっしゃるのですか？　子持ちの女ですよ」

嘘くさい甘言《かんげん》などをまったく意に介さず、怪訝《けげん》に思っていることを隠しもしないでそう返すと、彼は面白そうに笑った。そしてあけっぴろげに答える。

「もちろん結婚を望んでいますよ。秋満さんは多方面に重要なパイプをお持ちだから、ぜひ彼を味方につけたいんです。選挙にも出る予定なので」

やっぱりそれよね、と納得して頷く。自分にメリットがなければ、こんな女を選ぶはずがない。

「それに栞さんの顔、結構タイプなんですよね」

じっと顔を覗《のぞ》き込んでくる彼から出たひと言に、私は面食らってぽかんとした。

「はい？」

「いや、仕事から帰ってきて綺麗な女性に迎えられたら気分いいじゃないですか。それだけでも結婚する価値あるかなって」

へらっと笑ってお猪口《ちょこ》を手に取る弘さんに、私は口の端を引きつらせる。

なんて軽い男。なのに、不思議と嫌悪感は湧いてこないのよね。これが彼のモテる理由なのかもしれない……が、それは置いておいて。

弘さんは結婚に対してとっても前向きみたいだけれど、私はそうはなれない。今のうちにきちんと伝えておかなければと、居住まいを正して口を開く。

「私は、本音を言うと結婚する気はないんです。でも今回ばかりは父が許してくれず、もう逃げられそうにありません。だから、弘さんにお願いがあります」

「うん。なに？」

私の真剣さを察したらしく、彼もお猪口を置いて耳を傾ける。

父が頑として譲らないせいもあるが、両親には璃人を産むことを許してもらった恩があるから、結婚は受け入れなければいけないと半ば諦めている。ただ、これだけは弘さんに約束してもらいたい。

「結婚するなら、私の息子を愛してください。本当の自分の子と同じように、愛情を注いであげてほしいんです」

真剣に告げる私を見つめていた弘さんは、ふっと口元を緩めて「なんだ、そんなことか」と漏らした。

璃人を軽んじているように感じる発言にカチンときたものの、その意味は私が思うものとは違ったらしく……。

「頼まれるまでもないですよ。最初からそうするつもりだったから。僕、こう見えて子供好きだし」

「……本当ですか？」

「え、全然信じてない」

思いっきり疑ってかかる私に、彼は真顔でツッコんだ。

その時、襖が開く音がしてそちらを見やると、ひょいっと可愛い瞳がこちらを覗き込んでいる覗き込む。私を見つけた彼は、「あっ、璃人くん！」と呼び止めるお手伝いさんの声を無視して中へ入ってきてしまった。

トコトコと走ってきて私にくっついたわが子は、かまってほしいらしく甘えた声を出す。

「ママぁ。あそぶ」

「ごめんね、璃人。もうちょっと待っててくれる？」

「ああ、いいですよ。そのまま一緒にどうぞ」

弘さんは快く言ってくれ、「璃人くん、何歳？」とか「好きな食べ物なに？」とか、気さくな調子でいろいろと質問をする。しかし、璃人は私の膝の上に座ったまま答えようとはせず、警戒心たっぷりな様子。

にもかかわらず、弘さんは柔らかな笑みを浮かべて璃人を見ている。子供が好きというのは本当なのだろうか。

「目元が栞さんそっくりだし、おとなしくていい子だね。いずれ僕たちの子供も作──」

「無理です。絶対、無理です」

「清々《すがすが》しいほどの拒絶」

ものすごく正直に言ってしまったのに、彼はこれに対しても気分を害した様子はなくけらけらと笑った。この人はとてもおおらかな性格なのか、それともただ無関心なだけなのか。

とりあえず悪い人ではないなと感じているけれど、たとえものすごくいい人でも一瑠くん以上に好きになることはない。それも伝えておかなければ。

「とてつもなく失礼な話ですが、私の中からこの子の父親への愛は、この先もずっと消えません。あなたを愛せはしないんです。それでも、本当に結婚を望まれますか？」

小さい頭をそっと撫でて尋ねてみた。弘さんはほんの少し考える仕草を見せたあと、ふっと口の端を持ち上げる。

「仮面夫婦ってことだね。いいよ、それも楽しそうだし」

やっぱり軽いな、と脱力するも、こうやって割り切ってくれる人ならうまくやっていけるかもしれないとも思う。ただ、問題は璃人が懐《なつ》くかどうかだ。

こんなふうに結婚していいのかという迷いもずっと消えないけれど……とぼんやり考えていると、弘さんがなにかを思いついたようにぱっと表情を明るくする。

「ねえ、今度三人で出かけない？　どこか近場で、璃人くんが喜びそうなところ」

「三人で？」

「そう。璃人くんと早く仲よくなりたいし」

すっかり敬語もなくなって、フレンドリーな調子で提案された。

少々ためらいはあるけれど、彼なりに距離を縮めようとしてくれているなら私も応えたほうがいいわよね。愛せないとしても、せめて親しくならないと。璃人のために。

「わかりました。どこに行きましょうか」

「んー定番は動物園だろうけど、今寒いしねぇ。あ、そういえば楠木百貨店で子供向けのイベントやるって聞いたな。最初はそれくらい気負わないところがいいかもね」

ふいに飛び出した楠木百貨店の名前に、私は内心ギクリとする。慌てて別の場所にしてもらおうとした瞬間に父たちが戻ってきて、「また連絡するね」と言われて話は終わってしまった。

上機嫌な父たちをよそに、私は頭の中で必死に計算する。一瑠くんの海外出張は、三年はかかると言っていた。旅立ってからまだ二年七カ月くらいだから、きっとまだ日本に戻ってきていないはず。

デパートなら確かに気軽に行けるし、璃人も好きだからちょうどよさそう。いつまでもあの場所を避けているわけにはいかないしね……。

漠然とした不安を抱きつつも、新たな道に向けて進まなければと自分に言い聞かせていた。


行き先は楠木百貨店に決まり、一月半ばの日曜に弘さんと再び会うことになった。彼の愛車である真っ赤なスポーツカーに乗るのはなんとも言えない恥ずかしさがあったけれど、璃人はわくわくした様子で乗っていた。

楠木に着き、体験型イベントが行われている七階の催事場へ向かう。そこには大きなソフトブロックで遊べる空間や、自分で描《か》いた絵を動かせるというスクリーンがあり、小さなテーマパークが出来上がっていた。

入り口では誕生日月の人にステッカーが配られ、それを胸に貼っているとゲームが一回無料になったり、デパート内のあらゆるお店で割引してもらえたりするらしい。

これも今日ここに来る決め手のひとつだった。

どこでなにができるのかを記されたパンフレットを見て、弘さんも感心している。

「へえ、結構いろんな特典が受けられるんだね」

「この子の誕生日月でラッキーです。璃人もよかったね。これ可愛いし」

「かわいー」

ウサギのイラストが描かれたステッカーを璃人の胸に貼ると、彼はきらきらした目をにっこりと細めた。そんなわが子が一番可愛い。

親バカを発揮しつつ、テンションが上がってきた璃人がやりたがるものを思う存分楽しんでもらう。最初は一瑠くんのことが気になったものの、人も多いし、たとえいたとしてもわからないだろうと思うようになっていた。

弘さんも傍《はた》から見れば本当の父親に見えるだろう。そうなることを望んでいるのに、どうしても複雑な気分になってしまう。

璃人が楽しんでいるのも嬉しいのに心から笑えずにいると、弘さんがフロアの奥に設置された立体迷路を指差す。

「あの迷路をクリアするとプレゼントがもらえるって。璃人くん、僕と一緒に行ってみない？」

誘われた璃人は、笑顔だったのがスンッと無表情になり、私の足にぴったりくっついた。あまりの変わり様《よう》に弘さんも真顔になる。

「さすが栞さんの息子、塩対応もそっくり」

「私のそれと一緒にしないでください」

そう返すも、想像以上に懐かないので苦笑いするしかない。

璃人はわりと人見知りしないほうなのに、どうしてこんなに警戒するんだろう。これは先行き不安かも……。

子供ながらになにか感じているのかなと思いつつ、結局私が璃人を連れて迷路に入ることにした。中には鏡が貼られていて、その反射を利用してどこまでも通路が続いているように感じる。

本当にどう進んだらいいのか迷うくらいで、クオリティーの高さに感心していた時、璃人が繋いでいた手を離した。

「ママ、あっち！」

「あ～ちょっと待って！」

ひとりで走っていってしまい、慌てて追いかけるも迷路のせいでなかなか手間取る。

出口を見つけて勢いよく飛び出した直後、そこにいた男性に思いっきりぶつかってしまった。

「きゃっ！　すみません！」

「いえ、大丈夫ですか？」

咄嗟に私の腕を掴んで支えてくれたその人と目が合った瞬間、心臓が止まりそうになった。

二年半以上会っていなくても、その瞳の美しさは変わっていない。もちろん耳に心地よい声も、腕を掴む手の感触も――。

「……栞、さん？」

信じられないというような、驚きと感激を含んだ声が、鼓膜だけでなく胸をも震わせる。

「い、いち……」

私も名前を呼ぼうとしたけれど、それだけで目に熱いものが込み上げてきて口をつぐんだ。まさか、本当に会ってしまうなんて。

以前とは少し違う高級感のあるスーツに身を包んだ一瑠くんは、前髪が長いヘアスタイルになって大人っぽさが増している。どことなく高貴な雰囲気も漂っていて、この約二年半の間に人としてさらに成長したのだろうと感じた。

ぼやける視界を瞬《まばた》きでクリアにして、なんとか平静を装って普通の会話をする。

「もう、帰ってきたの……？　また催事担当じゃないわよね」

「一昨日《おととい》帰国して、久々にここの様子が見たくなって来てみたんです。プロジェクトはだいぶ巻いて、無事に終わらせてきました。……早く、あなたに会いたくて」

私から目を逸《そ》らさずに、ドキリとするひと言が紡がれた。彼の表情が、徐々に切なげに歪んでいく。

「会いたくて、気が狂いそうでした。一時帰国した時、何度か店にも行ったんです。あなたに避けられているのはわかっていたけど、それでも諦めきれなかった。今も、気持ちは同じです」

以前と変わらない情熱をぶつけられ、胸が激しくざわめく。

当時、私が勤めていたかがりの姉妹店の皆にはざっと事情を説明していて、一瑠くんが万が一やってきた場合は、私は辞めたと伝えてほしいとお願いしていた。その予想通り、彼が来たとスタッフから聞いて心苦しかったのだ。

どうしてそんなに求めてくれるの……。私は、あなたを勝手に突き放すような女なのに。私たちが結ばれる未来はありえないのに。

「一瑠くん、私は——」

「ママ！　いたー」

苦悶《くもん》しながら呟いた時、先に出ていた璃人が私の足に飛びついてきた。同時に一瑠くんの手が離れ、現実に引き戻される。

つぶらな瞳で見上げるわが子を、一瑠くんは呆然として見下ろす。

「……ここにいる時点でわかってましたよ。子供がいるってことは」

硬い声色でそう言う彼の心が読めなくて、ドクドクと鼓動が大きくなる。

自分の子だと気づくだろうか。いや、気づかせてはいけない。彼を縛らないために、妊娠を明かさずに別れたのだから。

なんて言おうかと頭をフル回転させていた時、誰かに肩を抱かれてはっとする。

「すみません、私の妻になにか？」

振り仰いだ先には、あからさまな作り笑いを浮かべた弘さんがいた。どうやらさっそく夫婦を演じてくれているらしい。

そうだ、ここは弘さんに合わせよう。一瑠くんに諦めてもらうにはこうするしかないと、偽物の夫にぎこちない笑みを向ける。

「挨拶をしていただけですよ。以前、仕事でお世話になった方なんです」

「そうでしたか。失礼しました。妻に寄ってくる輩《やから》が多いものですから、心配性になってまして」

　すぐにこんなデタラメがすらすらと出てくるなんて、口達者な人だと感心してしまう。さすがの一瑠くんも、弘さんの登場で戸惑いを露わにして言葉を失《な》くしているようだ。

　このテーマパークに不釣り合いな不穏な空気に包まれていたのもつかの間、私のワイドパンツをくいっと引っ張る璃人が無邪気な声を投げかけてくる。

「ねーねー、もちゃは？」

「もちゃ？　……ああ、おもちゃ！　まだもらってなかったのか」

　璃人が指差すほうを見て、弘さんは迷路のあとでもらえるプレゼントのことだと理解したらしい。私に「行こう」と声をかけ、璃人と一緒に歩き出す。

　私もそちらへ向かう前に、ぐっと手を握って口を開く。一瑠くんの顔を直視できない自分を情けなく思いながら。

「言ったでしょう。私は待たないって」

　……ああ、本当にひどい女だ。でもこうしてなりきっていれば、彼も幻滅して新しい恋愛ができるようになるはず。

　そうなってほしいと願い一歩を踏み出したものの、腕をぐっと掴まれて息を呑んだ。

「俺は待ってます。今夜、東京タワーの展望台で」

耳に顔を近づけて囁かれ、ドクンと心臓が大きく鳴る。

「お子さんを連れてきてもいいですから、一度しっかり話をさせてください」

緊張感のある声と厳しい表情から、彼の静かな憤りが伝わってくる。承諾も拒否もできず黙りこくっていると、彼はすぐに手を離してその場を去っていった。

……どうしよう。真実を話すべき？　このまま嘘をつき続ける自信もないけれど、打ち明けても一瑠くんを困らせるだけなんじゃないだろうか。

無事おもちゃをもらえて喜ぶ璃人に笑顔を返すも、心は上の空。レストランに移動してランチをとっても、買い物をしていても、ずっと考えが堂々巡りしている。

それに弘さんが気づかないはずもなく、帰宅途中の車の中で、助手席に座る私の顔を不思議そうに覗き込む。

「栞さん、昼くらいからずっとぼーっとしてるけど大丈夫？」

「あっ、ええ、大丈夫ですよ」

はっとして笑顔を返すも、彼は怪訝そうにしている。後部座席のチャイルドシートをちらりと見やり、あっさり眠りに落ちた璃人を確認して言う。

「さっき会った男と、前になにかあったんじゃない？　もしかして……璃人くんの父親だったりして」

ピンポイントで核心を突かれてギクリとした。つい動揺して目を泳がせてしまう私を見て、弘さんは確信したらしく「当たりか」と口角を上げる。

「ずいぶん若そうな人で意外だよ。彼とやり直す気はないんだよね？」

「……したくても、できないので」

私は俯き、力ない声で答えた。彼は特に一瑠くんのことを気にする素振りもなく、あっけらかんと言う。

「ならよかった。僕も栞さんとの結婚は譲りたくないから。少子化対策の政策を掲げるには、妻子持ちなら印象いいし、説得力も出ると思うんだよね」

なんの悪気もなさそうな調子で言い放たれ、心が徐々に冷えていくのを感じた。

この人は、本当に私との結婚を自分のために利用することしか考えていない。私も、家のために父の言いなりになっているだけ。

こんな結婚が、本当に璃人のためになるだろうか。実の父親である彼ともう一度話し合えば、今ならまた別の道を見つけられるんじゃないか。

頑《かたく》なに動かなかった心が、ぐらりと揺れる。あの頃となにも変わっていない、彼に会ってしまったから。

ちらちらと雪が舞う午後七時、私は璃人を連れて東京タワーにやってきた。仲のいいかがりのスタッフに口裏を合わせてもらい、両親にはその子と急きょ食事をすることになったと伝えて。

ここに来るのは一瑠くんと別れたあの日以来だ。

前に進んでいるようでいて、私の時間はあの時からずっと止まっていたのだと思う。彼がこの場所を指定したのも、もしかしたら私と同じ状況だからなのかもしれない。

璃人はぐんぐん上っていくエレベーターにちょっぴり怖がっていたけれど、展望台に着くとキラキラ輝く夜景に目をぱちくりさせていた。

私は璃人と手を繋ぎ、緊張しながら辺りを見回す。あまり多くない人の中、彼の姿を見つけると一気に胸が締めつけられた。

こちらに気づき一瞬目を丸くした彼を見て、初めてバーに誘われた時の記憶がデジャヴュのごとく蘇《よみがえ》る。あの時は今以上に驚いて照れていた彼だが、今はどこか影のある笑みを浮かべる。

「旦那がいるのに来たんですか。本当に悪い子だな」

挑発的な口調でそう言われ、鼓動が乱れる。彼と話し合おうと決心して来たはずなのに、動揺してつい挑発に乗ってしまう。

「あなたこそ、人妻を誘ったらダメじゃない」

「人妻、ね……。そうは思えないけど」

ドキリとするひと言を口にした彼は、私の目の前にやってきて心を見透かすようにまっすぐ見つめてくる。

「だって、父親は俺でしょう?」

確信している様子で真剣に言われ、私は大きく目を見開いた。

まさか、そんなふうに断言されるとは思わなかった。弘さんの存在も知ったのにどうしてわかるのだろう。

瞠目する私をよそに、一瑠くんはその場にしゃがんで璃人と目を合わせる。感慨深げに少し見つめたあと、ふわりと微笑みかける。

「こんばんは。僕の名前は一瑠。よろしくね」

ゆっくり自己紹介をした彼に、璃人は私にくっついたまま少々警戒しつつも首をかしげる。

「いちぅ?」

「い、ち、る。君のお名前は?」

「……りぃと」

まだはっきり名前を言えないものの、ちゃんと答えたことに驚いた。弘さんの時は完全にだんまりだったのに。

私が「璃人よ」と教えると、一瑠くんは頷いてニッと口角を上げる。

「璃人くん、面白いもの見せてあげる」

突然そんなことを言うので、璃人も私もキョトンとした。

彼はなにやらポケットからハンカチを取り出し、それをピンと立てて左手で持つ。そしておかしな呪文を唱え、右手で触らずにハンカチを引っ張るような仕草をすると、そちらに向かって勝手に動いた。

なるほど、簡単な手品だ。璃人は目をまん丸にして驚いている。

「しゅごい」

「だろ？　あとはね…………じゃーん」

「わぁ！」

手を隠していたハンカチをぱっと取ると、彼の手には東京タワーを持つ可愛いクマのマスコットが。手の平より小さなぬいぐるみだ。

彼がなにやらごそごそと仕込んでいたのは見え見えだったけれど、璃人は嬉しそうな声をあげた。

一瑠くんは「璃人くんも来るかもしれないと思って。プレゼントだよ」と言って小さな手にぬいぐるみを握らせ、璃人も「ありがと！」と笑顔を見せる。あっさり打ち解けそうな雰囲気だ。

大好きなふたりが笑って接している姿に、胸が熱くなって涙が込み上げる。夢でしか見られなかったこの光景が、現実になる日が来るなんて。

堪えきれなくてぽろぽろと涙をこぼす私に、一瑠くんだけが気づいて立ち上がる。

「ごめんね……っ。ずっと黙っていて、嘘ついてごめん。この子は、一瑠くんとの宝物なのに」

親になったのは彼も同じなのだから、一緒に考えなければいけなかったんだ。今ならそう思えるのに、どうして私は……。

璃人がぬいぐるみに夢中になっている隙《すき》に、一瑠くんは私の頭に手を伸ばし、自分の胸へと引き寄せた。懐かしく愛しい香りが鼻をかすめて、涙腺が壊れそうになる。

「謝るのは俺のほうです。全部俺のためだったんでしょう？　ひとりでたくさん悩ませて、苦労させて、本当にごめん」

彼の声から後悔や罪悪感がひしひしと伝わってくる。しかし顔を上げれば、それ以上の包み込むような愛情を感じられる。

「俺たちの子を育ててくれてありがとう。こんな奇跡が起こっていたなんて……」

感極まったように瞳を揺らして微笑む一瑠くんを見れば、子供の存在を迷惑だなんて思っていないことは明白だ。

重くのしかかっていた荷物がひとつ減ったように心が軽くなるのを感じ、しばらく彼から離れることができなかった。

あまりに泣くとさすがに璃人も心配しそうなので、夜景を眺めてなんとか気持ちを宥《なだ》めた。ガラスの床を恐る恐る覗く璃人の横で、彼を見守りながら私たちは話をする。

「どうしてわかったの？　自分との子だって」

まず一番気になっていたことを聞くと、一瑠くんは璃人に優しい眼差しを向けて答える。

「楠木で会った時、ステッカーをつけていたでしょう。一月生まれで、たぶん二歳くらいだろうから……って計算したんです。栞さんが浮気でもしていない限り、相手は俺だよなって」

「浮気なんてするわけないじゃない！」

つい声を潜めずに即座に返してしまい、慌てて口を押さえる私に彼はクスクスと笑った。でもそうか、あのステッカーから気づいたんだ、と理由がわかって納得した。

「あの人に『私の妻』って言われた時は、さすがにショックだったけど」と苦々しそうな顔をする彼に、私は改めて申し訳なくなりつつ本心を吐露する。

「……私も、ずっと一瑠くんを想ってた。今日会えた時、今も気持ちは同じだって言ってくれて、本当はすごく嬉しかったの」

バッグの持ち手を握った手に、無意識にぐっと力を込める。

「でも、周りはあの人との結婚に向けて動いているし、さすがにお父さんも痺《しび》れを切らしてる。こうして一瑠くんと再会できてよかったけど、私はもう逃げられな――」

「俺は、これ以上あなたに我慢させるつもりはないし、二度と離れる気もない」

暗い声色でこぼしていた不安は途中で制止され、大きな手が私の手を包み込んだ。

目線を上げると、迷いのない凛とした瞳が私を捉えている。

「別れたあの頃は、周りを納得させるほどの力が自分にはなかった。だからこの二年半、俺なりに努力してきたんです。愛する人を自分の手で守れるように」

「一瑠くん……」

「栞さんも璃人くんも、絶対に手放さない。俺を信じて」

力強くそう言いきった彼には、なにか考えがあるのかもしれない。とても頼もしくて、私の心も奮い立つ。

叶うことはないと思っていた、三人で暮らしていきたいという夢。それをどうしても掴みたくて、彼の温かな手をきゅっと握り返した。


一瑠くんと再会してから一週間後、彼が私の実家に来ることになった。

両親には、璃人の父親が帰国して偶然再会し、彼が挨拶をしたいと言っていると伝えた。弘さんと結婚する予定で動いていることもあり、父は最初は拒否していたものの、やっぱりひと言説教してやろうと考え直したらしい。

父にとってみたら娘を弄んだ男という印象なので、いろいろと言いたいことがあるのだろう。一瑠くんもそれを予想しているはず。穏便に済めばいいのだけれど……。

ハラハラしながら迎えた当日、私とは反対に一瑠くんは落ち着いた笑みを湛えてやってきた。お手伝いさんと一緒に私が出迎え、居間へ案内する。

襖が開かれて両親が姿を見せると、一瑠くんは綺麗な座礼をした。

「今日はお時間をいただきありがとうございます。遠野一瑠と申します」

緊張しまくりで、ちらりと両親の様子を窺《うかが》う私。すると、一瑠くんを見る父がなぜか目を丸くして驚いている。

「君が、栞の……!?」

「お久しぶりです、秋満さん」

ふたりの口から思わぬ言葉が出たので、私は目をしばたたかせた。

お久しぶり……って、以前にもどこかで会っていたの!? 私は挙動不審になって、隣の一瑠くんに詰め寄る。

「ど、どういうこと?」

「一年前、パリで行われた着物展にかがりも出展したのは知ってますよね? あれを主催したのが我々だったので、現地でお会いしたんですよ。栞さんとのことはなにも言いませんでしたが」

一瑠くんは緩やかに口角を上げて説明した。

確かに去年の今頃、父も自らパリへ出向くことになって慌ただしそうにしていたっけ。私は仕事を少しずつ始めたばかりでノータッチだったから、なにも知らなかった。まさか異国の地で会っていたなんて。

母も日本に残っていたので知らなかっただろう。「運命的ねぇ」と驚いている彼女の隣で、父は呆気《あっけ》に取られたまま口を開く。

「ヨーロッパで展示会をするのは初めてだったからいろいろとトラブルがあって、

困っていた私たちに遠野くんが声をかけて助けてくれたんだ。まさか、栞と交際していたのが君だったとは……」

徐々に落ち着きを取り戻してきた父は、その表情を強張らせる。

「だから助けたのか？　恩に着せようとして。私が栞の父だということには気づいただろう」

威圧的な口調で無礼な物言いをする父にカチンときて、私はたまらず口を挟む。

「お父さん！　なんでそんな失礼なこと……！」

「そうですね。だから助けたというのも否定はしません。秋満さんもかがりも、栞さんにとって大切な存在ですから」

潔くそう答えた一瑠くんに、皆が黙って注目する。彼はなにか懐かしむような、優しい目をして続ける。

「栞さんが店員として働いていた時、とても愛情を込めて商品を売っているのがわかりました。彼女がそうできるのは、ご両親が作り上げたかがりを見てきたからでしょう。彼女の大切なものを、僕も守りたいと思ったんです」

私の家族と家業を大切に思ってくれるその気持ちに、胸がじんとした。おそらく両親も同じだろう。毒気が抜けたような顔で一瑠くんを見つめている。

「ですので、家の存続も心配なさらないでください。僕が秋満の家名を継ぎますから」

「っ、えぇっ⁉」

次いで彼の口から出た言葉に、思わず声をあげてしまった。遠野家の跡を継がなくちゃいけないのに、うちの婿になるっていうの？

呆気に取られるも、彼は真剣な面持ちで「ただ」と補足する。

「恐縮ですが、条件があります。楠木ホールディングスでの業務を続けることと、仕事上では遠野を名乗ることを許していただきたいのです。幹部には男が苗字を変えることに抵抗のある人間も多いので」

その条件を聞いて納得する。旧姓のまま今の職場で働くなら変わるのは戸籍の苗字だけだから、彼の負担は最小限に抑えられるかもしれない。けれど、彼のご家族はそれでいいのだろうか。

「お父さんが反対してるって言ってたじゃない。大丈夫なの？」

「改めて説得したら許してくれましたよ。ヨーロッパ進出を軌道に乗せたことで、ある程度僕の意見も通るようになったんです。これでも、四月から副社長になりますし」

「副社長っ⁉」

さらっと告白されたけれどかなり重大な内容で、私はまた叫んでしまった。御曹司だからと甘えずに、きちんと実力でその座を掴んだ彼をただただ尊敬する。

驚きっぱなしの私に代わり、母がピンときた様子で問いかける。

「一瑠さんが海外へ行ったのは、仕事で認めてもらって周りを納得させる力をつけようとしたからでもあったの？　栞と一緒になるために」

彼はまっすぐ母を見て「はい」と頷いた。しかし、すぐにまつ毛を伏せてその顔が憂いを帯びる。

「ですが、栞さんが一番大変な時にそばにいてあげられませんでした。すべて栞さんひとりに背負わせてしまって、それだけは本当に後悔しています。璃人くんにも、父親だと認めてもらえるかどうか……」

彼の晴れることのない表情から、罪悪感や不安が伝わってくる。こんなふうに思わせてしまったのは私のせいだ。

どうすれば心を軽くしてあげられるだろうかと、考えを巡らせた瞬間にふと思いついた。私は「ちょっと待っててください」と告げて腰を上げ、キョトンとする皆をよそに居間を出た。

そして、面倒を見てもらっていたわが子を連れてすぐに戻る。居間に座っている一瑠くんを見た璃人は、彼を覚えていたようでぱっと表情を明るくした。

東京タワーで会った時によっぽど一瑠くんを気に入ったのか、彼の話をして、もらったぬいぐるみでもずっと遊んでいる。今もたたたっと走って彼に近づき、人懐っこく話しかける。

「ねーね、あれ。あれ、やって」

この間の手品をおねだりしているらしい。たどたどしい言葉で頑張って話しかける姿に、一瑠くんも愛おしそうに頬を緩めて小さな頭を撫でる。

「いいよ。でも今はお話し中だから、これで我慢してくれる？」

彼は意味深な笑みを浮かべ、両手を使って親指が切り離されたように見える古典的な手品を披露した。

「あぁ～」とおどける一瑠くんに、璃人は楽しそうに「きゃははっ」と笑う。その様子を見て、両親は驚いているようだ。

両親にも一瑠くんにも、璃人のこの姿を見せてわかってもらいたかったのだ。璃人の父親は、弘さんやほかの誰かではダメなのだと。

「璃人がこんなに懐くのは、きっと一瑠くんだからよ。あなたが素敵なパパだから」

罪悪感など持たないでほしくて微笑みかけると、一度私に目を向けた彼は安堵したようにまつ毛を伏せた。

私たちを黙って見守っていた母が、父に向かって穏やかに語りかける。

「これから父親としての責任を果たしてもらうしかないんじゃないかしら。あなたも、本当は一瑠さんの人柄を買ってるんでしょう？」

そう言われた父はいつの間にか険しさを消していて、ふっと口元を緩める。

「……鴨志田先生になんと詫《わ》びればいいのやら」

苦笑交じりに漏れたひと言で、弘さんとの結婚を白紙にしてもらえそうだとわかり、私は心底ほっとした。秋満の名を継いでくれるうえに、璃人の実の父親で、さらには恩人ともなれば断る理由なんてないだろうけれど。

すると、一瑠くんが複雑そうな顔で切り出す。

「そのことですが、まだご存じありませんか？　ネットニュースではちょっとした話題になっていますよ」

私たちはキョトンとして顔を見合わせた。私が帯の中に忍ばせていたスマホを取り出すと、一瑠くんがそれを操作してなにかの記事を見せようとするので、皆して画面を覗き込む。

【イケメン議員秘書に不倫疑惑が浮上】

ネットニュースに上がっていたのは、弘さんが議員の奥様だという女性と密会している写真。まさかのスキャンダルに私たちは唖然とし、母は口元に手を当てて「あらま、やっちゃったわね」と本音を漏らした。

弘さん……悪い人ではなかったけれど、女性関係には問題があったみたいだ。父はこういうことを許すタイプではないし、本当に結婚する前でよかった。

父は呆《あき》れたようなため息を吐き出し、前のめりになっていた身体を戻して心情を吐露する。

「私は、家のこともあるが、栞と璃人に家族を作ってやりたい気持ちが先走って結婚させようとしていた。彼は、遠野くんのように私たちの家や店のことまで考えてくれる人間ではなかったのにな」

父がそんなふうに言うのは初めてで、私は目を見張った。

お父さん、本当は私たちを心配していたのか……。家のことしか考えていないと思っていたけれど、厳しいからわかりづらかっただけで、ちゃんと愛があったのね。

【打倒、父】なんて書き初めに書いてごめんね、と心の中で謝っていると、父は一瑠くんに真剣な眼差しを向ける。

「今度こそ、栞と璃人を幸せにしてやってくれ」

重みのある言葉を投げかけられ、一瑠くんは背筋を伸ばし、凛とした表情で「はい。

必ず」としっかり返事をした。

――私たちの新しい未来が始まる。諦めずに奮闘してくれた彼に深く感謝しながら、これからはなにがあっても家族三人で乗り越えていこうと心に誓った。

瑠璃色の宝物

一瑠くんとの結婚を認めてもらったあと、彼のご両親にも挨拶をして、私たちはすぐに入籍した。結婚式は半年後に行う予定だ。

遠野家のおふたりは想像していたよりも穏やかで、聡明《そうめい》さを感じる言動もさすが一瑠くんのご両親といった印象。お義父《とう》様は同族経営にこだわっていたが、一瑠くんの強い意志に感化されて考えが変わったのだそう。

しかし両家の顔合わせの時は、璃人が大人になったら楠木ホールディングスとかがりのどちらを継ぐのか、という話で父親同士が盛り上がっていた。

結局どちらになっても恨みっこなしで！となったが、私も一瑠くんも、璃人が自分のやりたいことを見つけたら必ずしも跡を継ぐ必要はないと思っている。大事なのは血筋じゃなく、誇りを持てるような仕事ならなんだっていいんじゃないかなって。

そうして桜が咲き始めた三月下旬に、私たちは一瑠くんのレジデンスに引っ越しをした。

荷物はすべて運び終えていて、細々とした片づけはこれからだが、璃人は今までの日本家屋とは違う新居に興味津々だ。

「パパのおうち！　きれい！　おもろーい」

「おもろい、か？」

いろんな部屋のドアを開けて覗き込むわが子に、一瑠くんはツッコみながらも楽しげに笑った。

結婚を認めてもらえたあと、一瑠くんがパパだということと、お仕事で海外に行っていたことを教え、今ではすっかりパパと呼ぶのも定着した。ふたりが仲よくしている姿を見るのが本当に嬉しい。

全部の部屋を見て回って満足したらしい璃人を一瑠くんが抱き上げ、くりくりの瞳を見つめて言う。

「これからは、ママと璃人の家でもあるんだよ。ここで一緒にご飯を食べて、たくさんお話しして、一緒に寝よう」

平凡だけれど幸せすぎるその言葉に、璃人はとびきりの笑顔で「うん！」と頷いた。

夕飯は私が張り切って作ったコロッケを食べ、プールのような広い円形の浴槽ではしゃいだ璃人は、ベッドに入るとあっさりと眠りに落ちた。

三人でも悠々と寝られるキングサイズのベッドは、一瑠くんが用意してくれたもの。

その真ん中ですやすやと寝息を立てるわが子に口元をほころばせ、寝室を後にした。

静かになったリビングに戻ると、やっと夫婦ふたりの時間。ソファにゆったりと並んで座り、どちらからともなく手を繋ぐ。

「璃人、ずっとはしゃいでたから、電池が切れたみたいに寝ちゃった」

「新居、楽しんでくれたかな。よかった」

一瑠くんはマグカップを手に取り、安堵の笑みを浮かべた。

この愛しい彼を、これからは毎日そばで見られるのか。幸福感に包まれ、彼の肩にこてんと頭を乗せる。

「ずっと三人で暮らすのを夢見てた。こんな幸せな日が来るなんてね。一瑠くん、本当にありがとう」

「俺はたいしたことしてないから。璃人を立派に育ててくれてる栞さんにこそ、感謝してもしきれないよ」

私の頭を優しく撫でた手が、そのまま頬へ滑っていく。目を合わせると、そこはかとなく情欲の色が滲んでいてドキリとした。

「離れてる間、俺のこと考えてた？」

ふいに問いかけられ、迷うことなく頷く。

「もちろん。毎日考えてたわよ」

「こうやって、自分を慰めるときも？」

ちょっぴり意地悪な笑みを浮かべた一瑠くんは、おもむろに私の手を取ったかと思うと、なんと私の胸に当ててきた。〝自分を慰める〟という意味を理解して、かあっと顔が熱くなる。

咄嗟に「な、なに言って……っ！」と返したものの、正直彼に抱かれた夜を思い返して欲求を持て余す時はあった。でも、自分でしても満たされはしない。

「……考えてたけど、ひとりじゃ寂しくなるだけだった」

顔が真っ赤になっているのを自覚しつつ正直に言うと、一瑠くんは一瞬目を丸くした。そして彼もわずかに頬を赤らめ、妖艶《ようえん》に微笑む。

「栞さん、離れてる間になんかエロくなったね」

「どこがっ⁉」

即座に返す私におかしそうに笑った彼は、私をソファに優しく倒して官能的に囁く。

「たっぷり触れて、満たしてあげる。俺もすごく寂しかったし、あなたをめちゃくちゃに抱きたかった」

心臓が飛び跳ねた瞬間、待ちきれないといったように唇を塞がれた。

情熱的な愛撫《あいぶ》で恋人同士だった頃の甘さが蘇り、身体はすぐに反応する。恋しかった彼の指と舌に翻弄《ほんろう》され、あっという間に熟してしまった私の中はすんなりと彼を呑み込んだ。

「あっ、ん、一瑠く……っ」

「幸せだ……。愛してる、栞」

耳元で吐息交じりの極甘な声が響き、少し揺さぶられただけで強い快楽の波に襲われる。

お互いの熱を確かめ合い、何度も絶頂を迎え、私たちは離れていた分を取り戻すように幸福なひと時に溺《おぼ》れた。

ひとしきり抱き合ったあと、璃人を真ん中にして三人でベッドで眠った。しかし、興奮が冷めなかったのか明け方に目が覚めてしまった私は、カーテンの隙間から瑠璃色の空を覗く。

愛する人との別れを予感した時も、わが子が生まれてきた時も、この深い青色が記憶に残っている。

着物に七宝柄《しっぽうがら》というものがある。七宝というのは文字通り七つの宝という意味であり、そのうちのひとつが瑠璃だ。愛するふたりの名前の一部でもあるそれは、私の大好きな色。

彼らが起きたら、璃人の名前の由来を教えてあげよう。パパと同じく、宝石のように大切に思っているのだと。

同じような顔をして気持ちよさそうに眠っているふたりを見下ろすと、ふふっと笑みがこぼれた。

ささやかながら穏やかな幸せに満たされる。私も再びベッドに潜り込み、愛しいぬくもりをそっと抱きしめた。

番外編　あなた色の幸福

五百年以上の歴史がある、朱塗《しゅぬ》りが美しい格式高い神社に、俺たちの親族や友人、政財界の人間が多数集まっている。

栞と再び結ばれて約九カ月が経った秋晴れの今日、ついに結婚式を行う。

古くからのしきたりを重んじる秋満家なので、神社での神前式一択だった。が、個人的な願望でドレス姿の栞も見たかったので、このあとの披露宴では和風のドレスにお色直しする予定だ。

俺はすでに紋付袴《もんつきはかま》を身につけて、控室で栞の支度が終わるのを待っている。白無垢《しろむく》は彼女とお義母《かあ》さんが一緒に選び、一度もお目にかかれていないので少しそわそわしながら。

窓から風情ある日本庭園を眺めて手持ち無沙汰で待っている俺のところに、俺たちの両親と一緒に遊んでいた璃人がてててっと走ってきた。その姿が愛らしくて、今だけでなくいつもそばに来ると自然に抱き上げてしまう。

今日は璃人も子供用の袴を着ていて、それがまたとても可愛い。周りの大人たちも、この子と一緒にいると顔が緩みっぱなしだ。

「パパぁ、ママまだ？」

「もうすぐ終わるよ。璃人も驚くぞ。きっと今日のママはいつも以上に綺麗だから」

「きれい？　ママはかわいいんだよー」

普段俺が栞に対して可愛いと言うことが多いせいか、璃人はまだピンと来ないらしく訂正してくる。俺はクスッと笑って頷き、「どっちもだな」と呟いた。

その時、璃人が小さな手にやや不格好な折り鶴を持っているのに気づく。

「璃人、それは？」

「じぃじと、ばぁばとつくった。じょーずれしょ」

しっぽの部分を引っ張って羽をパタパタさせている彼は、得意げに口角を上げた。どうやら待っている間に両親たちが教えていたらしい。

あと三カ月で三歳になる璃人は、たくさん言葉を話せるようになってきたし、できることも増えてきた。毎日その成長を見られて本当に幸せなのは、間違いなく栞も同じだろう。

「じゃあ、それママにあげようか。きっと喜ぶよ」

「うん！　もいっこつくる！」

俺の提案にきらっと目を輝かせた璃人は、腕から下りて皆がいるテーブルのほうへ向かっていった。

そうしているうちに、スタッフの女性に「お支度が終わりましたのでどうぞ」と呼ばれた。まず俺が璃人を抱っこして、少し緊張しながら中へ入る。

――真っ白な白無垢に身を包んだ妻の、あまりの美しさに息を呑む。

掛下《かけした》や小物のシックな瑠璃色が差し色になっていて、ふんわりしたシニヨンの髪にはドライフラワーの飾りをつけている。伝統的な雰囲気を残しつつ今風でもあり、とてもおしゃれだ。

彼女の着物姿は見慣れているが、白無垢はまた一段と綺麗で言葉にならない。

「ふたりとも、お待たせ」

少し照れた笑みを浮かべる彼女を見て、胸が一杯《いっぱい》になる。俺と同じように璃人もほわぁ～っとした顔をして、その口から「ママ、きれい」というひと言がこぼれ出た。

一方黙ったままの俺に、栞が近づいてきて首をかしげる。

「一瑠くん？」

「いや、ちょっと、想像以上に綺麗で……。好きな人の花嫁姿って、こんなに感動するものなんだな」

涙まで込み上げそうになって、片手で口元を覆いながら言うと、目の前の彼女の顔にとってても嬉しそうな最高の笑みが広がった。

「ありがとう。一瑠くんもすっごく素敵よ。一緒になれて本当に幸せ」

そう言う彼女を今すぐに抱きしめたい衝動に駆られるが、息子はそんな甘い空気などお構いなしだ。早く鶴を渡したくて、栞に向かってそれを差し出す。

「ママ、これあげる。つゆ、つくったの」

「つゆ？　ああ、鶴！　上手にできてる～ありがとう！」

「へへ。パパにも」

「俺にも？」

ママに喜んでもらえて、璃人もご満悦そうでよかったと思っていたら、俺にまで鶴を渡されたので驚いた。

二歳まで離れていた分、璃人にちゃんと父親と思ってもらえるのかと最初は不安だった。しかし、こういうなにげない嬉しい瞬間の積み重ねで不安はいつの間にか消え、今はただただ幸せでしかない。

愛しい息子にじんとしながら、鶴を受け取って「ありがとう」と心から伝える。俺たちのやり取りを、栞も微笑ましげに見つめていた。

準備が整い、これから花嫁行列で本殿に向かう。

参列者たちが流れを確認している間に、俺の隣に並んだ栞は胸元に差し込んでいた筥迫《はこせこ》という入れ物を取り出した。昔はお金や口紅、お守りなどを入れていたというそれに、折り鶴を大事にしまいながら言う。

「璃人がくれた折り鶴、二羽だから夫婦鶴《めおと》だね。夫婦鶴は同じ相手と一生添い遂げるから、夫婦円満の意味があるんだって。今日にぴったり」

「あの子天才じゃないか」

親バカを炸裂《さくれつ》させる俺に、栞はおかしそうに笑った。

彼女から筥迫を借り、俺が胸元の合わせに差し込んで整えてやる。正面から向き合うと、彼女の美しさに何度も見惚れてしまうし、思わず幸福のため息がこぼれる。

「この日を迎えられて本当によかった。〝栞を絶対俺のものにする〟って気持ちだけでずっとやってきたから」

離れていた約二年半も、この強い想いがあったから乗り越えられた。

婿に入るのも、抵抗がまったくなかったわけじゃないが、栞と璃人と家族になるためだと思えばなんてことない。実際、戸籍の苗字が変わっただけで特に不便はないし、むしろ栞の家族に認めてもらえて秋満家の仲間入りを果たせた感じがして嬉しかったりする。

　以前その話をしたら、『そんなふうに言ってくれるのは一瑠くんだけ』と言われた。栞も紆余《うよ》曲折《きょくせつ》あったこれまでを思い出しているのか、かすかに切なさを滲ませて微笑む。

「一瑠くんには感謝しかないよ。でもすごく欲張りなことを言うと、やっぱり私は一瑠くんの元の苗字とおそろいにしたかったな。この白無垢も、〝相手の家の色に染まるように〟って意味があるんだし」

　少々残念そうに言う彼女にクスッと笑い、さりげなく顔を近づける。

「あなたはもう俺の色に染まってるでしょう。隅から隅まで」

　愛しい彼女の心も身体も、全部俺のものにできたと思っているから。

　自信を持って甘く囁いてみると、綿帽子に隠れ気味の頬がじんわりと薄紅色に染まっていく。

「そうね。他の色なんて交ざりようがないわ」

　恥ずかしそうに呟く彼女が可愛くて仕方なくて、思わず手を握った。今はこうすることでしか愛情を伝えられずもどかしいが、この晴れ舞台を終えたら目一杯抱きしめて愛したい。

ふたりの世界に入っていたら、後方から「パパとママ、なかよしさんだー」という璃人の声が聞こえてくる。

栞と目を見合わせて笑い、一緒に俺たちの宝物に手を伸ばした。

End

「俺に愛情は求めるな」と言い放った女嫌いの御曹司が、契約妻を猛愛するまで

櫻御ゆあ

突然の契約結婚

玄関ドアが開く音がして、私、須羽《すわ》なせはシングルベッドの上で目を開けた。

時刻は午後十一時半。

夫の亮介《りょうすけ》さんが仕事から帰ってきたようだ。

しんしんと冷え込む冬の夜は音がよく響く。広すぎる5LDKの超高級レジデンスでは、お互いの在宅に気づかないこともあるくらいなのに、サニタリールームで彼が手を洗っているような水の流れる音が聞こえてきた。

私が知る限り、彼は一度もこの家で晩ごはんを食べていない。最新機能が備わったキッチンを使うのは、温かい飲み物を淹《い》れるために湯を沸かすときだけのようだ。

いずれにせよ、私は彼のために料理をする必要はなく、起きて彼を待つ必要はもっとなかった。声かけすらも無用だと言われている。出迎えをしようものなら不興《ふきょう》を買うだろう。

だからこうして彼の気配を感じても、自分の部屋に閉じこもったまま知らないふりをする。

一緒に暮らし始めて二週間。

当然のように部屋は別々で、昨日も顔を合わせていない。

それでも成り立っているのは、私たちは愛情で結ばれた夫婦ではないからだ。

私は兄の友人である亮介さんと、利害が一致したうえで契約結婚をした。


話は一カ月前に遡《さかのぼ》る。

二十五歳の私には、千島伊純《ちしまいずみ》という六歳年上で三十一歳の兄がいる。

兄といっても異母きょうだいで、兄は父の本妻の息子、私は父の愛人の娘だ。

そういう複雑な関係でありながらも、兄は実のきょうだいのように私と接してくれている。

地元ではある程度名の知れた中規模の町工場を経営している父は、一夫多妻制を主張するほど自由奔放で変わり者。本妻の安咲子《あさこ》さんや息子である兄がいる本家に堂々と愛人の母や私を呼んでいたため、幼い頃から交流があった。

安咲子さんはそんな父を肯定も否定もせず、私や母の存在を黙認してくれている様子だった。

しかし私が十八歳のときに母が不慮の事故で亡くなり、お通夜の場で父に本家での同居を提案されると、安咲子さんは露骨に顔色を変えた。そして『愛人の娘とは暮らせない』と断固反対したのだ。

安咲子さんに面と向かってなにかを言われたことがなかった私は、初めて彼女の本音を聞いて、自分や母の存在が彼女をずっと苦しめていたのだとようやく知った。

一夫多妻制を主張する父の手前、愛人については口を閉ざすしかなかったのかもしれない。その愛人が亡くなって、今まで我慢していたものが溢《あふ》れ出したのだろう。

母は生前、『私たちは寛大な安咲子さんに感謝しなければいけない。なにがあっても逆らってはだめよ。立場をわきまえていれば安咲子さんは許してくれるから』と私に言い聞かせていた。

それを信じて育った私は、父が安咲子さんを説き伏せようとする前に、ひとり暮らしをしたいと申し出た。

それからもう七年近く、単身でアパート暮らしをしながら小さな食品会社で事務員として働く日々を送っていたのだ。

そんなある日の夜、兄から電話がかかってきた。

家族の中で兄は、私を気遣ってくれる唯一の存在だ。今も定期的にコンタクトを取っていて、良好な関係が続いている。

『ななせ、母さんから連絡があっても無視しろ。いいな』

開口一番、兄に強い口調で言いつけられて首をかしげた。

「どういうこと？　ちょうどさっき安咲子さんから【話があるから週末うちに来られる？】ってメッセージが入っていたけど」

『まさかもう返信したのか？』

「ううん、まだだよ」

安咲子さんに呼び出されるのは珍しいので、何事かと不思議に思っていたのだ。

私の答えに、兄はほっとしたように息をつく。

『ぎりぎり間に合ったか……』

「なにかあったの？」

『母さんがななせと保志《やすし》さんを結婚させようとしてる』

小太りで頭頂部だけが禿《は》げている保志さんの顔がよぎる。

保志さんは安咲子さんの弟だ。

安咲子さんは私との同居に反対したものの、継母にはなってくれたので、保志さんは叔父にあたる。年齢は五十歳くらいのはずだ。

「どうして私と保志さんを？」

『保志さん、結婚相談所に入会して十年以上経《た》つのに仮交際にすら進展しないらしい。それで、もうななせでいいから嫁にくれって母さんに頼み込んできたようだ』

まさか保志さんの願い出だとは。

『母さんは適当にあしらおうとしたみたいだけど、保志さんはしつこくて。それを聞いた父さんが、ななせと保志が結婚したら、ななせは安咲子とも本当の家族になれるぞと乗り気になったんだ。つくづく父さんって普通じゃない』

父はどこまでも常識とはかけ離れた考えの持ち主だ。最終的には安咲子さんも父に丸め込まれたのだろう。

法律上は私と保志さんの結婚に問題はないとはいえ、生理的な嫌悪感は否めなかった。

中学生の頃、保志さんに舐《な》め回すようないやらしい視線を向けられてから苦手だ。鼻の下を伸ばしてにやけていた顔を思い出すだけでぞっとする。しかもお酒が入ると手が付けられなくなるという悪癖《あくへき》があり、セクハラ発言や罵詈雑言を吐いて暴れているところを何度か見かけた。

私たちが結婚すれば、世間の目はさらに冷たくなるだろう。あの一家は家長だけではなくて全員が非常識だと。

『そもそもななせの身の上ではろくな嫁のもらい手がないだろうって父さんがしみじみと語ってたけど、いったい誰のせいだよな。あいつら、どれだけ家系図をややこしくしたいんだ。聞くまでもなく、ななせは保志さんと結婚したくないよな？』

「……うん。したくないよ」

兄には正直な気持ちを伝えた。

そもそも私はこれまで一度も誰かを好きになった経験がなく、未婚のまま一生を終えるのだと思っていたのだ。

『それでも母さんに縁談を勧められたら断らないんだろ？』

兄は私をよくわかっている。安咲子さんから直接持ちかけられたら否という選択肢はない。『なにがあっても逆らってはだめよ』という母の教えは守ると決めていた。

それが私にできる安咲子さんへの罪滅ぼしだから。

「うん」

その通りだと認めると、重苦しい空気が流れた。

『……なんでななせばっかり振り回されるんだよ。父さんも母さんも俺の意見なんか聞き入れようとしない。頼りない兄でごめんな』

「ううん、いいの」

これが生まれ持った運命なのだ。私はそんなふうに人生を諦観《ていかん》している。どんなことにも抗《あらが》わない癖がついていた。

『なあ、ななせ、諦《あきら》める前に俺の友人と会ってみないか？』

突然、妙案が浮かんだかのように兄が提言してきた。

「お兄ちゃんの友だち？　会ってどうするの？」

『双方が納得すれば、形だけの結婚をするのもいいかと思う』

私が兄の友人と結婚？

いったいなにを言い出すのだろう。

「わけがわからないよ」

『ななせには今、交際相手はいないんだろ？』

「いないけど……」

『保志さんとの結婚を回避するためには、おまえに交際相手、いや、婚約者を作るしかない』

「婚約者？　強硬手段すぎるよ」

その兄の友人がどんな人なのかも知らないし、そんなに都合よく結婚できるはずがない。相手にも失礼だ。

『大丈夫、俺の友人にもメリットはある。そうだ、話は早いほうがいい。急だが明日はどうだ？』

「夕方、仕事終わりなら予定はないけど……」

『じゃあ話を通しとく。とにかく一度会ってみてほしいんだ』

兄の勢いに気圧《けお》されて、強引に押し切られる。

まさかの叔父との縁談からとんでもない方向へ事が進み始めてしまった。

翌日の退社後。

兄の友人との待ち合わせ場所は高級レストランなので、手持ちの洋服の中で一番上品に見えそうなツイードのワンピースを選んで着てきた。

シャンデリアの柔らかな光に包まれた広い個室は、テーブルコーディネートがおしゃれで、椅子の座り心地も別格だ。兄と隣り合って席に着きながら、兄の友人の到着を待つ。

昨夜は安咲子さんに【すみません。週末は予定が入っています】とひとまずメッセージを送って急場をしのいでいる状況だ。

「お兄ちゃん、こんなに高そうなお店、初めて来たよ」

私はついお会計の心配をしてそわそわしてしまう。

「心配しなくていい。須羽が予約した店だからあいつが払うよ」

「お兄ちゃんのお友だち、須羽さんっていうの？」

いろいろと慌ただしかったため、初めて名前を聞いた。

「ああ。俺が大学生の頃に話したのを覚えていないか？　『須羽ホールディングス』の御曹司と知り合ったって」

須羽ホールディングスとは、子会社の数が百を超える世界でも有数の大持株会社だ。製紙業界でトップシェアを誇る大企業を傘下《さんか》に収め、不動の地位を得ている。

「まさかその人が来るの？」

「そうだよ」

即答されて目を見開いた。にわかには信じられなくて動揺する。兄がその御曹司と今も交流があったとは。それに、私なんかと会ってくれるつもりだとは。

「お連れさまがお見えになりました」

店員に連れられて、長身の男性が入ってきた。

上質そうなスーツを身に纏《まと》った男性は、目鼻立ちが完璧に整っていて美しく、高貴な雰囲気が漂っている。顔は小さく手足は長く、艶《つや》のある黒髪には清潔感があった。

一目見ただけでわかる、なにもかもに恵まれた人だ。

「遅れてすまない」

低い声で詫《わ》びる彼に、兄は笑顔を向ける。

「こっちも今来たところだよ。ななせ、こいつが友人の須羽亮介だ」

兄が紹介し、亮介さんと目が合った。

しかし私に注がれる視線はなぜか凍《い》てつくほど冷たい。

「はじめまして。佐條《さじょう》ななせです……」

会釈をしつつも、つい声が小さくなった。

彼が放つ圧倒的なオーラに臆《おく》しているのもあるけれど、全身で拒絶されているような印象を受けたからだ。

もしかして彼は来たくなかったのでは？　兄が強引に押し進めようとしているのではないだろうか。

「はじめまして」

私の不安を煽《あお》るように、彼は事務的に返事をしただけで向かいの席に着いた。

飲み物が運ばれてきて食事が始まると、亮介さんはもう私を視界に入れようとすらしない。この場に私などいないかのように兄と会話をしている。

「じゃあ、そろそろ本題に入るか」

いたたまれなくなってきたとき、兄が切り出した。

どうせなら、もう一刻も早く兄の荒唐無稽《こうとうむけい》な提案を亮介さんから断ってもらうほうがいいだろう。

「ななせ、須羽はな、大企業の御曹司で副社長という立場ゆえに、これまで五十回以上もお見合いの話が来ているんだ」

兄は私に、亮介さんが置かれている状況を教えてくれた。三十一歳という若さでそのお見合いの数は相当だ。

「でも、すべて会わずに断っている」

「どうして？」

兄に純粋な疑問を投げかけた。

「須羽はかなりの女嫌いなんだ」

「女嫌いではなく、自己主張の激しい女やわがままな女が嫌いなだけだ。色気アピールをされると吐き気を催す。甘ったるい香水のにおいは頭が痛くなる」

亮介さんは心底不快そうに美しい顔を歪《ゆが》めた。

「それを女嫌いって言うんだよ。須羽は大学生の頃、言い寄ってくる女の子を容赦なく片っ端から振って、その冷酷ぶりを恐れられるようになったくらいだ。女嫌いらしいっていう評判がついても、年に数人は果敢に告白してくる女の子がいたけどな」

苦笑いする兄に、私ははっとする。

つまり亮介さんが私に素っ気ない態度を取るのは、それが理由なのだろうか。

私個人が嫌いというわけではなくて、女性に対してよくない先入観を持っているから？

「というわけで、須羽はもう見合い話にはうんざりしてる。そして俺の妹のななせは保志さんとの望まない結婚話が勝手に進められてる」

「ああ」

亮介さんは淡々とうなずいた。すでに兄から私の事情を聞いているようだ。

「姪《めい》と叔父だぞ。ありえないだろ。俺は看過できない。ななせがかわいそうだ」

兄は苦しそうな表情になった。私以上に私の行く末を考えてくれる優しさに胸がいっぱいになる。

「お兄ちゃん……」

私が自分の境遇を受け入れようとしても、兄はまだ諦めていない。

私を安心させるように微笑《ほほえ》みかけて、亮介さんに是非を問う。

「須羽は延々と持ち込まれる不毛な見合い話を断ち切るため。ななせは保志さんとの結婚を回避するために、ふたりは契約結婚をしないか？」

「いい案だ」

亮介さんは動じる様子もなく即答した。まさかの展開に驚きを隠せない。

「えっ……。そんなに簡単に決めていいんですか？　今日会ったばかりなのに」

「俺は最初からそのつもりでここに来た。君については千島からよく聞いている。自慢の妹だとな」

以前から兄は亮介さんに私の話をしていたようだ。

とはいえ、それはきっと兄の欲目で、実際の私には誇れるところがない。

亮介さんの周りにいるであろう魅力的な女性たちと比べたら、容姿は平凡でメイクも地味、髪はカラーリングすらしていないナチュラルなセミロングだ。亮介さんが私でいいわけがないだろう。

「君には安定した生活を保証する。ただし俺に愛情は求めるな」

ぴしゃりと言い放たれて固まった。

女嫌いの彼は、今後私が彼に恋愛感情を持つようになって、執着し出すのだけは許容できないようだ。

お金と引き換えに、お互い干渉しない結婚生活を所望している。

「私はこれまで誰かを好きになった経験がないので、それについては問題ないと思います」

人生で出会うのは、およそ三万人だそうだ。私は二十五歳だから、平均寿命から単純計算をするとすでに一万人となにかしらの接点を持っていることになる。

それにもかかわらず一度だって心を動かされなかったのだから、亮介さんだけが特別だということはありえないはずだ。

「そうなのか。気が合うな」

亮介さんは満足そうに相槌《あいづち》を打った。彼も誰かを好きになった経験がないという意味なのだろう。

私は亮介さんを見据えながら、七年前の出来事を思い出す。

母が四十代で早世し、葬儀の場で参列者が美人薄命《びじんはくめい》だと嘆いていたとき、安咲子さんがぼそっとつぶやいたのだ。

『美人薄命ですって？　私たち家族を不幸にしたんだから因果応報《いんがおうほう》よ』と。

安咲子さんに同居を反対された翌日のことだった。

母のように恋に走って誰かを苦しめるような生き方はしたくない。

もちろん母のことは大好きで、私を産んでくれたのは感謝している。けれど愛や結婚というものに希望を持てなくなっていた。

だから亮介さんが女嫌いでもかまわない。むしろ私にとって彼ほど好適な相手はいないくらいだろう。私は男性に愛情を求めないし、月並みな生活が送れればそれで十分だ。

「俺が出した交換条件を呑《の》めるなら、君と契約結婚したい」

甘さのかけらもない業務連絡のようなプロポーズ。

「どうだ、ななせ。須羽はストレートな物言いをするから、最初はきつい印象を受けるかもしれないが悪い男じゃない。保志さんよりいいだろ？」

兄は亮介さんを後押しをしながら私の気持ちを尋ねた。

「保志さん？」

改めてその名前が出たことで、私の心は揺れる。

「ああ」

「……千島家にとって私の存在は迷惑でしかないのに、安咲子さんは私が保志さんの妻になってもいいって思ってくれてるんだよね。……それならやっぱり、まだ直接は縁談を勧められていなくても、安咲子さんの意向に沿ったほうがいいんじゃ……」

小さな声でつぶやいた。安咲子さんは絶対的な存在だ。私個人の気持ちなんて取るに足りないだろう。

「ななせ、ばかな選択をするなよ。頼むから」

兄に懇願されても、私は亮介さんとの契約結婚に簡単には踏み切れなかった。

私と兄の平行線のやりとりを、亮介さんはじっと聞いている。

「いつになったら決断するんだ」

痺《しび》れを切らした亮介さんがため息をついた。

「すみません……」

私は謝るのが精いっぱいだ。わざわざ席を設けてもらったのに、彼には本当に申し訳なかった。

「君の心の葛藤《かっとう》も、これまでの生き方も否定はしない。だが、煮え切らないのなら俺が決めてやる」

俺が決めてやる？　彼のほうから私など願い下げだという意味だろうか。

視線がぶつかった瞬間、彼は形のよい唇を開く。

「俺の妻になれ。責任は俺が取る」

「え？」

「君はなにも考えずに『はい』とうなずくだけでいい」

耳を疑うも、彼の目は本気だ。

彼にとって私は都合がいいとはいえ、なんて不遜な人なのだろう。

でも、堂々と自分の意見を言葉にできる強さに、人として憧れを抱いた。私にはないものを、彼はあたり前のように持っている。

彼のそばにいたら、私の人生もなにかが変わるだろうか。

ほんの一瞬だけ、そんな夢を見る。

「……はい。どうかよろしくお願いします」

気づけば彼に向かって頭を下げていた。

私なんかが須羽ホールディングスの御曹司と結婚するなんて普通は考えられない。

でも世の中には不思議な縁もあるものだと思う。

幸い亮介さんの両親は、息子が独身主義なのではと相当危惧《きぐ》していたらしく、結婚したい女性がいると彼が告げただけで大喜びした。

相手が私でもすんなりと受け入れてくれたおかげで、私と亮介さんはつつがなく夫婦になったのだ。

一カ月前の怒涛《どとう》の出来事を振り返りながら、自室のシングルベッドの上で亮介さんが立てる物音を聞く。彼はサニタリールームを出て、バスルームへ入ったようだ。

本当にあの日、亮介さんと会えてよかった。

なぜなら彼との契約結婚に合意してレストランを出たところで、私のスマートフォンに保志さんから電話がかかってきたのだ。

『おい、ななせ、週末はなんとしてでも来い！』

大声で命じられて身を震わせていると、隣にいた兄が電話を代わってくれた。

「保志さん、こんばんは、伊純です。今ななせの婚約者と三人で食事に行った帰りなんですよ。そうなんです、俺も知らなかったんですけど、ななせには交際している相手がいたんですよ。いやー驚きました」

兄は嘘《うそ》を織り交ぜながらうまく伝えてくれた。

すると保志さんはすぐさま安咲子さんに連絡したようだ。翌日安咲子さんに、どういうことなのと詰め寄られた兄が『ななせの婚約者は須羽ホールディングスの御曹司だよ』と告げると、彼女は愕然《がくぜん》としたという。そして『保志とななせは縁がなかったのね』とぼやいていたそうだ。世界的大企業の御曹司が相手ではどうにもならないと悟ったのだろう。

現金な父は、須羽ホールディングスに町工場の事業資金を融通してもらい、私と亮介さんの結婚を誰よりも祝福した。

私と亮介さん双方の希望で、結婚式も披露宴もしていない。婚姻届を提出して、形だけの結婚指輪を購入したのみだ。

私たちは紙切れ一枚の関係だからそれでよかった。

今のところ、亮介さんは私が彼の家族や会社に密にかかわらずに済むように配慮してくれている。すぐには妻として振る舞える自信がなかったのでありがたい。


いろいろと考えていると、目が冴《さ》えてなかなか眠れなくなってきた。

水でも飲もうとベッドを出てキッチンへ向かう。

グラスにミネラルウォーターを注《つ》いでいたとき、背後に気配を感じた。

「あ……おかえりなさい」

二日ぶりに亮介さんと顔を合わせた。

バスルームから出てきたばかりの彼はルームウェア姿で、まだ髪が濡《ぬ》れている。こういうオフの姿さえ絵になる人だ。

「……ただいま」

亮介さんはたった四文字を口にするのさえ煩《わずら》わしそうだった。

仕事で疲れているのもあるのかもしれないけれど、なんて正直なのだろう。

私と亮介さんはすぐに沈黙に包まれる。

「……えっと、亮介さんもお水飲みますか？」

気まずさに耐え切れなくなって問いかけた。お風呂上がりなら喉が渇いているかもしれないとグラスを差し出したのに、彼はすっと私の前を通り過ぎていく。

「お構いなく」

私とは少しも話したくないとでもいうように、彼は自室に向かった。

こんなにつれない態度を取られたら、普通なら心が折れるかもしれない。でもかなりの女嫌いな彼に無視されなかっただけましなほうだ。

それにしてもこれが二日ぶりの会話だとは、私たちは本当に契約夫婦なのだとひしひしと感じる。

それでも愛人の娘の私なんかを妻にしてくれた彼には、十分すぎるくらい感謝していた。

翌日の夜。タイミングが悪く、仕事帰りの亮介さんとまたしても廊下で鉢合わせてしまった。

「あ……亮介さん」

「ああ……」

なぜ二日連続で君と顔を合わせなければいけないのだと、彼のしかめっ面が語っているような気がする。

暗黙の了解で、いつもは私から接触を避けていたため、ちょっときまりが悪い。

「すみません。自分の部屋に向かうところでした」

不注意を詫びただけなのに、自分でも言い訳がましく聞こえた。

「君はもっと配慮のあるタイプだと思っていたよ」

「え?」

「それとも故意なのか? 偶然を装ってアプローチされることはよくあるからな」

「そんな、違います」

本当にたまたまだ。でも彼はこれまでの経験から猜疑心《さいぎしん》が強くなっているのだろう。

「……まあいい。現在の状況共有も兼ねて少し話すか」

いきなり彼がそう持ちかけてきたので、驚いて目を瞬《しばたた》かせる。

「えっ」

「今夜は都合が悪いのか」

「い、いえ、大丈夫です」

いったいどういう心境の変化だろう。

すでにパジャマ姿の私とスーツ姿の彼は、リビングのソファに差し向かいに腰掛けた。

こんなふうに話すのは初めてで緊張する。

「君がここに引っ越してきて二週間が経ったな。新しい生活には慣れたか？」

上司による面談のような雰囲気で、亮介さんに問われた。

ここはもともと彼がひとり暮らしをしていた家だから、彼の生活は今まで通りだけれど、私の生活は大きく変化した。安アパートに住んでいたのに、エントランスにコンシェルジュがいるような超高級レジデンスへ転居したのだ。

とはいえ、私は与えられた一室に自分の荷物を運び込んだだけなので、単に間借りをしているような気分だった。

食品会社で事務の仕事は続けているし、休日も気ままに過ごしている。亮介さんにはなんの干渉もされないのでとても自由だ。

一応は妻という立場なので、とんでもない金額の生活費を渡されていることにはまだ慣れないけれど。

私も働いているから固辞したのに、『受け取るのも契約のうちだ』と押し切られたのだ。『安定した生活を保証する』と彼は私に約束したからだろう。

「生活リズムも掴《つか》めてきたし、快適な住環境を整えてもらえて感謝しています」

「それならよかった。父や母が勝手にここへやって来ることもないからいっさい気にしなくていい。用があればまず俺に連絡してくれと伝えてあるから」

「はい、ありがとうございます」

妻としての対外的な役目を果たすには、須羽家に馴染《なじ》む必要があるとはいえ、まだ彼の両親と話すのはプレッシャーがかかるのでありがたかった。

まずはもう少しだけでも亮介さんと打ち解けておくべきだ。

「ところで君は今、自分の家族とはどういう状態なんだ？」

不意に水を向けられた。

「父や安咲子さんですか？　とくに変わりありませんが……」

もともとなにかあるときしか連絡が来ないので、一カ月近く交流が途絶えている。

「叔父とは？」

「保志さんからは何度か電話がかかってきました」

「用件はなんだ？」

「出ていないのでわかりません」

応答するなと兄に言われていた。

ある夜、深酒をした保志さんが兄たちの前で『ななせの奴《やつ》、せっかくこの俺が嫁にもらってやろうとしたのに恥をかかせやがって！』と騒ぎ立てたそうだ。父が『ななせは保志の気持ちを知らないんだから、そう責めるな。もう少し早ければななせも喜んで保志と結婚しただろう』と宥めていたという。

実際、私は兄から事前にすべて聞いていたけれど。

「叔父はまだ君に執着しているんだな」

亮介さんはそう推測した。私はあいまいな表情を浮かべる。

「なんにせよ、君は継母に相当な憎しみを抱かれているようだ」

「え？　安咲子さんにはよくしてもらっていますよ」

保志さんはともかく、安咲子さんには感謝しかない。

母が亡くなった直後はつらくなるような言葉を投げかけられたことがほんの少しだけあったけれど、虐《しいた》げられたことは一度もなかった。

それどころか、彼女は本音を秘めて耐え忍んでくれていたのだ。

「よくしてもらっている？　結婚相談所に入会して十年以上経っても仮交際にすら進展しないような、うだつの上がらない五十歳の弟を押しつけようとしたのに？」

「なっ……！　安咲子さんにとって保志さんは大切な弟です。その弟が結婚できないのを案じたから、私に薦めようとしたんですよ」

必死に安咲子さんをかばう私を、亮介さんは嘲笑《あざわら》う。

「誰がどう見たって嫌がらせにほかならない。叔父と結婚したい姪がどこにいる」

「それは……」

「継母は君をこの先一生苦しめてやろうとしていたんだよ」

私はぐっと奥歯を噛《か》みしめた。

どうして彼にここまで意地悪を言われなければならないのだろう。たしかに私と安咲子さんは複雑な関係だ。それでも彼女のことは亮介さんより私のほうが理解している。なにも知らないのに決めつけないでほしかった。

これはもう彼が女嫌いだというより人間性の問題だ。

「……私には安咲子さんよりも、こうして毒を吐く亮介さんのほうが悪意があるように思います。恋愛感情を持たれないためにあえてそういう言い方をしているのなら、ご心配なく。私は絶対に亮介さんを好きになりませんから」

わざわざ棘《とげ》を刺さなくたっていい。彼に想《おも》いを寄せることはありえないから。

睨《にら》みつけて強い言葉を発した私に、彼は面食らったような顔になる。

私はソファから立ち上がり、足早に自分の部屋へ向かった。

それ以降、亮介さんとさっぱり顔を合わせなくなった。

誰かにあんなふうに反論したことがなかった私は、生意気な態度を取ってしまったとすぐに後悔した。数日が過ぎても、なぜあんな言動ができたのか自分が信じられなくて、思い出すだけで身が縮む。早く謝りたいのにその機会が得られずに不安が募った。

この先彼とやっていけるのだろうか。

紙切れ一枚でつながってさえいれば、夫婦仲がこじれていても支障がないのかもしれないけれど……。

そんなある日、私は職場で足を挫《くじ》いてしまった。

資料が入った重い段ボール箱を移動させるために持ち上げたとき、不自然な形に捻《ひね》ったのだ。

なんとか歩けるけれど痛い。病院に行ったら全治二週間だと診断された。

「ごめんね、徳永《とくなが》くん。わざわざ送ってもらって」

退勤後、同期の徳永くんに車で自宅まで送ってもらうことになった。遠慮したけれど、困ったときはお互いさまだと押し切られたのだ。

私たちが働いている会社はレトルト食品の製造と販売をしていて、私は事務員、徳永くんは営業マンだ。同期はふたりだけなので仲がいい。小さな会社というのもあって従業員同士の距離感は近かった。

「全然。通り道だし」

車通勤が認められているので、徳永くんは普段から自分で車を運転して会社に来ている。

「それにしても佐條……今は須羽か。結婚したとは聞いてたけど、新居の場所って都内の一等地じゃないか」

車を走らせながら徳永くんが話しかけてきた。

これから向かうのだから隠し通せないし、私は助手席でうなずく。

「うん。高級住宅街で富裕層しか住んでなさそうだよ」

「もしかして玉《たま》の輿《こし》なのか？」

徳永くんが同期らしい気安さで茶化《ちゃか》す。

「玉の輿なのかなあ」

亮介さんの妻だという実感がないし、自分でもよくわからなかった。

「なんで疑問形なんだよ」

徳永くんは笑いつつも、それ以上は掘り下げてこなかったのでほっとした。

たわいない話をしているうちに、レジデンスのエントランスロビー前に着く。

「うわ、やっぱりすごいな」

ホテルライクな車寄せに、徳永くんは感嘆の声をあげた。

「徳永くん、ありがとう。助かったよ」

車を降りながらお礼を言った。

「ああ。明日の朝も迎えに来てやるよ」

「えっ、さすがに申し訳ないよ」

「全治二週間なんだろ。こういうときは頼れよ」

徳永くんの心遣いはうれしいけれど、さすがに甘えていいものか悩んでいると、私たちの後方に黒塗りの高級車がやって来た。

運転席には亮介さんの専属運転手の姿が見える。

まさかここで亮介さんと遭遇するとは。

後部座席から出てきた彼も、虚《きょ》を衝《つ》かれたような表情をしている。

「須羽の知り合い？　お隣さんか？」

私が無言で立ち尽くしていると、徳永くんは運転席で体を捻って後続車を眺めた。

「ううん。全然知らない人だよ」

とっさに他人のふりをした。夫だと明かしたら、亮介さんは徳永くんに挨拶しないわけにはいかなくなる。きっと面倒だろう。

「そっか。じゃあまた明日な」

徳永くんはぱっと手を挙げて発車させた。

「あっ、待って」

明日は電車とバスを使って出勤すると伝える前に、徳永くんはいなくなってしまう。

あとでメッセージを送っておかなければ。

「……亮介さん、今日は早いんですね」

亮介さんの専属運転手も去ると、私は彼に声をかけた。

こうして話すのは言い合いをした日以来だから、なんとなくぎくしゃくしてしまう。

「たまにはな」

短く答えた亮介さんは、なにかを尋ねたそうな素振りをした。

しかし唇を引き結んでしまう。

ゆっくりと近づこうとしたら、彼は包帯が巻かれた私の足首に視線を落とした。

「足、どうしたんだ」

「仕事中に挫いてしまったんです」

ドジで恥ずかしいと自嘲すると、亮介さんはすぐさま私の荷物を持ってくれた。

「少しは楽だろう」

「えっ、はい。ありがとうございます」

まさか彼が私を気遣ってくれるなんて。

意外な一面に驚きつつも、彼とエレベーターに乗り込む。

密室で落ち着かないとはいえ、先日の件を謝る絶好の機会だ。

「あの、亮介さん、この間は――」

「さっきの男は誰だ?」

ごめんなさいと頭を下げようとしたとき、亮介さんに遮られた。

「え？　……あ、職場の同期の徳永くんです。通り道だからと親切に送ってくれました」

「俺のことを全然知らない人だと答えていたな」

どうやら徳永くんとの会話が聞こえたようだ。

「はい。亮介さんに面倒をかけると思ったので……」

「夫として君の同期に挨拶するくらいたいしたことじゃない」

なぜか責められているような口調だったので戸惑った。

もしかして徳永くんに本当のことを伝えたほうがよかったのだろうか。亮介さんの心はよくわからない。

「じゃあ次からはそうします」

「今後君にも妻として挨拶をしてもらう機会もあるだろうしな」

要するに彼は相互扶助《そうごふじょ》を求めているのだ。

ようやく腑に落ちて、エレベーターを降りたとき。

「あの同期は、君の特別な男なのか？」

静かに尋ねられて彼を見上げた。

声色とは裏腹に、その眼差しはどこか険しい。

「まさか。ただの同期ですよ」

亮介さんは私を観察するようにじっと見つめた。首をかしげると顔を背けられてしまう。今日の彼はあいまいな態度が多くて、彼らしくないような気がした。

翌朝。いつも通りの時間に起きると、ダイニングで亮介さんがコーヒーを飲んでいた。

こんなことは初めてで面食らってしまう。

「おはよう」

しかも彼のほうから声をかけてきた。

いったいなに？　ものすごく怖い。

「おはようございます……」

「今日はどうやって出勤するんだ？」

「徳永くんが迎えに来てくれるみたいです」

夜のうちに徳永くんとメッセージでやりとりをしたけれど、結局、ついでだから乗せていくよと言ってくれたのだ。

「昨日の同期か。足が完治するまでそのつもりなのか？」

「さすがにそれは申し訳ないので遠慮するつもりです」

「それなら俺の第一秘書に君の送迎をさせる。同期にはすぐに断りの連絡を入れるように」

いきなり命じられて、私は目を見開く。

「え？」

亮介さんはスマートフォンを手に取って電話をかけ始めた。その第一秘書と話しているようだ。

「十五分でこちらへ来るように手配した」

私が立ち尽くしているうちに行動に移してしまうとは。あまりにも強引で戸惑いを隠しきれなかった。

「あの……」

「なにをしている。早く同期に連絡しろ」

「は、はい」

とっさに返事をした私は、指示されるがまま徳永くんに電話をかけた。家を出る前だったようで、『旦那さんがサポートしてくれるなら安心だな』と言ってくれる。

「亮介さん、お手数をおかけしてすみません」

私からお願いしたわけではないけれど、申し訳ない気持ちになった。

彼は私が職場の人に迷惑をかけるのを見過ごせなかったのだろう。

「俺が送迎するわけじゃない」

そうはいっても意味合いは同じだ。

亮介さんの第一秘書は、ぴったり十五分でレジデンスにやって来た。

年齢は三十歳前後だろうか。物腰が柔らかくて笑顔がとても素敵な男性だ。

「奥さま、はじめまして。副社長の第一秘書の大村《おおむら》と申します」

「はじめまして……。須羽なせです」

自己紹介し合うのを、亮介さんは無言で眺めている。作りものみたいなその美しい顔の下でなにを考えているのだろう。

亮介さんの専属運転手も到着したので同時に家を出た。私は大村さんが運転する高級車で出社する。

ちょっと足を挫いただけなのに、なんだかとんでもないことになってしまった。

大村さんの送迎は二週間続いた。

そのうち四日ほど休みがあったので、実質十日間お世話になり、私の捻挫《ねんざ》は無事に完治した。

「大村さん、今日まで本当にありがとうございました」

最終日の退勤後、車に乗り込みながらお礼を言った。

「息抜きに奥さまとドライブをしている気分で楽しかったです」

大村さんは微笑んでそんなふうに返してくれた。

この二週間、博識な大村さんに車内で多種多様な雑談を興味深く聞かせてもらった。

通り沿いにあるおすすめの飲食店や雑貨屋なども教えてくれて、常に話が弾んでいたのだ。

「今後はもう大村さんに会う機会もないでしょうか」

せっかく打ち解け合えた気がしたのになんだか寂しかった。

「私は基本的に副社長のおそばにいるので、機会はたくさんあるでしょう」

「でも私は須羽ホールディングスにいっさいかかわっていないですよ」

だからもう大村さんとは接点がないと思う。

「もしよろしければ、これから須羽ホールディングスの本社へ行ってみますか？」

大村さんに提案されて、私は目をぱちぱちさせる。

「え？」

「副社長はまだ勤務中かと」

「だめですよ。私が顔を出したらよく思われないです」

反射的に拒否してから口もとを押さえた。

私と亮介さんが契約結婚だということは、当然公にしていないのだ。

「なにをおっしゃいますか。奥さまが会いに来られたら副社長は喜びますよ。女性社員が仕事以外の話を振ろうものなら一瞬で眉間《みけん》に縦皺《たてじわ》が刻まれると、社内でも女嫌いで有名なんです。そんなあのお方が愛する唯一の女性なんですから」

大村さんは、ははっと笑い飛ばした。実際の私はむしろ嫌われているかもしれないのに、私と亮介さんの夫婦愛を信じて疑わない様子だ。

「副社長にサプライズしましょう」

楽しそうな大村さんに、どう断りを入れればいいのかわからない。

悩んでいるうちに巨大な本社ビルの駐車場に到着してしまった。エントランスロビーに向かう大村さんのあとを、仕方なくついていく。

建物内は自然採光が導入されていて、夕方でも明るくて柔らかな雰囲気だ。けれど私の心は、亮介さんの機嫌を損ねるのではと不安でどんより暗い。

エレベーターに乗って執務室があるフロアへ向かうも、副社長室に亮介さんはいなかった。

第二秘書の男性によると、午後の会議が長引いているそうだ。

「こちらでお待ちになりますか?」

そう問われたけれど、主《あるじ》が不在の副社長室は居心地が悪い。

「手持ち無沙汰《ぶさた》でしたら、会議をご覧になってはいかがですか」

大村さんが声をかけてくれた。

「見られるんですか?」

「はい。中には入れませんが」

興味をそそられた私は、大村さんとミーティングルームが並ぶフロアに向かう。

「壁がガラス張りなんですね」

どの部屋も廊下に面した壁がガラス張りになっていた。木彫りのパネルと組み合わせたデザインには、洗練された高級感がある。

「スイッチを切り替えてガラスを曇らせることもできますが、基本的に会議中は開放されています」

コンプライアンスの意識を向上させるのにも有益なのだそうだ。

一番奥の部屋で会議がおこなわれていた。長方形のテーブルが真ん中にあり、対面式のレイアウトになっている。十人ほどの男性が座っていて、亮介さんは上座にいた。彼は私に気づいていない様子だ。どういった内容の会議をしているのだろう。

「本日は製紙工場のエリア責任者が集まり、生産プロセスの改善についての話し合いが進められています」

「製紙工場のエリア責任者？　副社長が現場の従業員と直接かかわるんですか？」

驚きを隠しきれなくて、思わず大村さんに尋ねた。

須羽ホールディングスのような大企業の副社長は、社長のサポート役に徹するもので、本社の社員とさえ接しないという認識を持っていたからだ。

「珍しいですよね。副社長自らの考えで業務改善や業界の動向調査にも携わり、働きやすい環境作りに取り組んでいるんですよ」

経営幹部である亮介さんが率先して現場の声に耳を傾けているなんて。

そんな理想的な施策をやってのけられる人はそうそういない。

「副社長はずば抜けて仕事ができる方なので、全幅の信頼を寄せられています」

迅速かつ正確な判断力があるのだと聞き、胸を打たれた。大村さんは亮介さんに心酔しているようだ。

亮介さんが職務に励む姿を垣間見《かいまみ》て、彼の印象が変わった。彼には私がまだまだ知らない顔がありそうだ。

しばらくすると会議が終わり、中にいた人たちがいっせいにミーティングルームから出てきた。

「来ていたのか」

亮介さんが私に気づいて歩み寄ってきた。

「副社長へのサプライズで奥さまをお連れしたんです」

声を弾ませた大村さんの隣で、私は一気にいたたまれなくなる。

「勝手に来てすみません」

亮介さんに詫びながら、厳しい言葉を浴びせられる覚悟をした。

迷惑だ、今すぐ帰ってくれ——それくらいは平然と言う人だ。

「別にかまわない。謝るようなことではないだろう」

想像とは正反対の反応に面食らってしまう。今のは聞き間違い？

いや、近くに大村さんがいるから普通の夫婦を演じているのだろう。さすがに彼は徹底している。

「仕事はこれで終わりだから、どこかで食事でもしていくか」

思いがけない提案をされて、私は目を瞬かせる。

「え？」

「いいですね。すぐにレストランに予約を入れます。どこがいいでしょう」

大村さんが亮介さんに尋ねた。

「妻の希望に添ってくれ」

そう告げる亮介さんはさながら愛妻家のようで、普段とはまるで別人だ。

「あの、亮介さん……」

そこまで演技をしなくてもいいのでは？　と目で訴えかけた。わざわざ私なんかと食事に行かなくても、大村さんはなんとも思わないはずだ。

「なんだ、体調でも悪いのか」

しかしうまく伝わらなかったようで、亮介さんは怪訝《けげん》そうな顔をした。

「い、いいえ」

「奥さま、なにが食べたいですか？」

大村さんに問われて、早く答えなければいけない流れになってしまう。

「……それじゃあパスタを」とつぶやくと、イタリアンレストランに速やかに予約を入れてくれた。

亮介さんとふたりきりで食事に行くことになるなんて、私の心中は穏やかではなかった。

車で十分くらいの距離にあるイタリアンレストランは、急な来店にもかかわらず個室が用意されていた。

亮介さんと向かい合って席に着きながら目を泳がせてしまう。視線が合った瞬間、私が本社を訪れた件について責められるのではないかと思ったのだ。

「あの……怒ってますよね?」

ずっとビクビクしているのもつらいので、自分から切り出した。

「なにをだ?」

「私が突然、会社に来てしまって」

「それくらいで怒らない。そもそも君の意思ではないのはわかっている」

亮介さんはまったく気にしていなかったようだ。大村さんが『副社長へのサプライズで奥さまをお連れしたんです』と言ってくれたおかげに違いない。

「よかった」

ほっとした私は途端に食欲が湧いてきた。

「それで君は落ち着かない様子だったのか」

どうやら不審がられていたみたいだ。

「はい」

「俺をどういう男だと思っている」

「女嫌いで厳しい人」

正直に答えたら、彼が小さく噴き出す。

「素直だな、君は」

完璧に整ったきれいな顔がほんの少し無邪気な雰囲気になり、なんだか胸がドキドキした。

彼はこんなふうに笑う人なのだ。

もっと彼を知りたくなって話題を振る。

「でも今日、亮介さんの新たな一面を見ました。現場にかかわる業務にも携わっているんですね」

「ああ。君との結婚が決まって、後継者として副社長に昇格したばかりだしな」

食前酒と前菜を楽しみながら彼が明かしてくれた。

「そうなんですか」

「須羽ホールディングスは同族経営で、創業者一族が代々その責務を果たしているんだ」

「じゃあ亮介さんの子どもも？」

なにげなく口にしてからはっとした。

その子どもを産むのは、通常であれば彼の妻の私だからだ。

「次代については、必ずしもそうでなければいけないとは思っていない」

亮介さんは言葉を濁した。私たちの夫婦関係ではさすがに強制できないからだろう。

では、亮介さんの代で同族経営は終焉《しゅうえん》を迎えるのか。

須羽ホールディングスという大企業の御曹司である彼の妻になるということを、私は軽く考えすぎていたのかもしれない。

「製紙業界は今、逆風にさらされている」

彼は業界そのものに目を向けた。

ペーパーレス化が進められている現代社会では、紙媒体から電子媒体への代替により需要が減少しているという。

「だが追い風もある」

「追い風って？」

私は身を乗り出した。

「環境保全のために脱プラスチックを推進する動きで、プラスチックに置き換わる素材として紙が注目されているんだ」

「たしかにそうですね」

「製紙業界が再び成長できる取り組みは、まだまだ無数にある」

亮介さんが思い描く展望を聞くのは興味深かった。たとえ逆風が吹いていても、彼はそれすらも前向きに捉《とら》えている。副社長として頼もしく見えた。

「やっぱりすごいですね、亮介さんは。次期社長としても完璧なんだもの」

彼は本当に非の打ちどころがない。

「俺は完璧じゃない」

亮介さんがぽつりとつぶやいた。

なにか引っかかることがあったのだろうか。

「先日、俺は君に継母の件でひどいことを言った」

それについては私から謝ろうとしたものの、足を挫いたのもあってうやむやになったままだった。まさか彼のほうから触れてくるとは。

『継母は君をこの先一生苦しめてやろうとしていたんだよ』と私を冷罵《れいば》したのを、少しは気にしていたのだろうか。

「すまなかった。ずっと謝りたかったんだ」

まっすぐに目を見据えて詫びられた。

思いがけない展開に、私は息を呑む。

「なんの非もない君を傷つけた。悪意があると君に言い返されてこたえたよ。俺と結婚してくれただけで感謝しなければいけないのに」

「なっ……！　感謝しなければいけないのも、謝らなければいけないのも私のほうです。あのときの私は亮介さんに矛先を向けることで、自分の醜い本音を悟られないようにしただけだから」

図星を指されたのを認めたくなかった。安咲子さんをかばいながらも、どこかで彼女を疑っている気持ちを見透かされた気がしたのだ。だから強く反発してしまった。

「結局、私はいい子のふりをしているだけなんです」

本来の私はろくな人間じゃない。

「君はいい子だよ。俺が保証する」

断言する彼に、胸がぎゅっと締めつけられる。嘘がない彼にそう言ってもらえるのがうれしかった。

「ありがとうございます……」

「本当にすまなかった。言葉が過ぎた」

私と顔を合わせるだけで鬱陶《うっとう》しそうにしていた彼が今、目の前で心から悔やんでいる。

その姿を見られただけで、負の感情はすべてどこかへ吹っ飛んだ。

もしかすると、彼は誰かにあんなふうに言い返された経験がなかったのかもしれない。普通の人でも面と向かって悪意を指摘されることはあまりないだろうけれど。

私が足を捻挫したときに送迎を申し出てくれたのも、謝意を示したかったからかもしれない。

彼はものすごく不器用なのだろう。

「もう謝らないでください。仲直りしましょう」

「ああ。今後も思ったことがあれば、はっきりと俺に言ってほしい」

亮介さんはそう願い出た。

「はい。私にも言ってくださいね」

彼はもともと歯に衣《きぬ》着せない物言いをするけれど、お互いにそうやって成長していけたらいいなと思う。

正論をぶつけて逃げ場をなくしたり、お互いを斬りつけたりするのではなく、彼と信頼関係を築きたい。

私たちの間にある心の距離が、ほんの少し縮まったような気がした。

「実は私、誰かに反論したのは初めてで、自分でもびっくりしたんです」

「そうなのか」

どうしてあのとき彼に自分の意見を心のままに言えたのだろう。今もその理由はわからない。

「そういえば、君はたしか食品会社で働いているんだったな」

そのあとは彼が私の仕事にも触れてくれた。

「はい。レトルト食品の製造と販売をしていて、化学調味料や保存料などの添加物を使用していないカレーやスープ、パスタソースが主力商品なんです。とてもおいしいですよ。亮介さんは馴染みがないかもしれないけど」

自社の話になると、私は饒舌《じょうぜつ》になった。

亮介さんの実家には専属のシェフがいて、豊富なレシピから毎日の献立が決まっていたそうだし、きっとレトルト食品には縁がなかっただろう。でも一度食べてみてほしかった。

「そうだな。レトルト食品は買ったことがない」

「私は忙しい日の食事に取り入れていますよ」

電子レンジで温めるだけで食べられるものもたくさんあるので重宝している。

野菜を加えて栄養価を高める知識を伝えたら、亮介さんは関心を寄せてくれた。一般家庭では身近なものが彼にとっては物珍しいのだろう。

レストランでの話は弾み、彼と楽しく食事ができた。

近づく距離

日常に戻った私は、翌朝電車とバスに揺られて出勤した。

足取りが軽いのは捻挫が治ったからというより、心が晴れているからだ。

昨日、家に帰ったあと、亮介さんが送迎の継続を申し出てくれたけれど丁重にお断りした。私には高級車での送り迎えは似合わないし、自分でできることは自分でしたい。

それでも彼の気持ちはうれしかった。昨日はいい雰囲気だったし、今後はうまくやっていけそうな気がする。

そして仕事を終えて帰宅して、晩ごはんはなににしようとキッチンで悩んでいたら亮介さんが帰ってきた。

時刻はまだ夜の七時だ。

「亮介さん、おかえりなさい。今日は早いんですね」

「……ただいま。新婚なんだからたまには定時で帰るようにと大村に言われてな」

亮介さんはなぜか言い訳をするような口調だった。

無理もないかもしれない。こんな時間に自宅のキッチンで向き合うのは初めてなのだ。私もちょっと気まずさを感じる。

「大村さんが気を利かせてくれたんですね。晩ごはんはまだですか？」

「ああ。デリバリーでも頼むか」

これまで亮介さんは一度も家で晩ごはんを食べなかったのに、声をかけてくれたのがうれしかった。今夜は一緒に食卓を囲めるのだ。

「あっ、そうだ。私の職場のレトルト食品を食べませんか？」

昨日熱弁したばかりだし、彼に試してもらうまたとない機会だ。キッチンカウンターにおすすめのパスタソースを並べる。

有機フルーツトマトのポモドーロ、スモークサーモンとポルチーニ茸《だけ》のクリームソース、梅と大葉の和風仕立てのラグーソース。どれも人気商品だ。

「思っていたよりも本格的なんだな」

亮介さんが箱を手に取る。

「これは高級ラインなのでとくにそうですね。でも昨日もレストランでパスタを食べたし、カレーにしますか？　私は毎日パスタでもいいくらい好きなんですけど」

「せっかくだから君のおすすめをいただくよ」

亮介さんがそう言ってくれたので、一押しのパスタソースを選んだ。グルテンフリーの生麺《なまめん》を茹《ゆ》でて、冷蔵庫にあったブロッコリーと卵で簡単なサラダも作る。彼はレトルト食品の味がこれほど進化を遂げていることに驚いていた。私は得意な気分になる。

食べ慣れている自社製品だけれど、今日が一番おいしいと思った。

その翌日、たまたま兄から電話がかかってきたので近況を報告した。するとと兄は高い声をあげて大笑いする。

『須羽にレトルトソースのパスタを出すとは、さすがななせだな』

「そんなにおかしいかな?」

『おかしいっていうより、さばけてる。須羽が女性からそんな雑な扱いを受けたのは初めてだろうな』

「雑に扱ったわけじゃないよ。いきなりであまり食材がなかったの」

一応サラダは作った。

『まあうまくやってるようで安心したよ』

「うん。心配ないよ」

そう思えるようになったのはここ数日だけれど、亮介さんとは和《なご》やかな雰囲気を維持している。

『次は手料理を振る舞ってやれよ。きっと喜ぶぞ。須羽はたしかレモンのケーキが好きだ』

「レモンのケーキ？」

兄から情報を仕入れた私は、通話を切ったあとスマートフォンで検索してみた。

レモンのケーキとひと括《くく》りにいってもいろんな種類がある。

その中で惹《ひ》かれたのは、ウィークエンドシトロンというフランスの伝統菓子だ。

名前の由来は諸説あるそうだけれど、週末に大切な人と一緒に食べるお菓子だという。

これを週末に作って、亮介さんと食べたい。お菓子を作ること自体ひさしぶりなのでわくわくしてきた。

そして週末。

昼食後に張り切ってキッチンに立った。

製菓道具や食材は昨日のうちに買い揃《そろ》えてある。

まずは生地作りだ。レモンのさわやかな香りに包まれながら材料を混ぜ合わせて、パウンド型に流し込む。

百七十度のオーブンで四十分焼いている間に、仕上げ用のレモンのアイシングを作っておいた。生地が焼き上がって十分に冷めたら、これを表面全体にかけるのだ。さらにその上にレモンピールをのせれば、レモンを目いっぱい楽しめるケーキが完成する。

オーブンの中で生地がふんわりと膨らんできた頃、亮介さんがキッチンにやって来た。

「いいにおいがするな」

できあがってから呼ぼうと思っていたのに、うっかり見つかってしまった。

最近はこうして家の中で彼と顔を合わせるのが自然になっている。

「お菓子を焼いているんです」

ピーッという音がしたのでオーブンを開けた。

きれいなきつね色に焼けていてひと安心する。耐熱ミトンを着けて、オーブンから鉄板を取り出そうとしたとき。

「熱っ……！」

手に鉄板が当たって、パウンド型ごとフローリングに落としてしまった。せっかくのケーキが歪につぶれる。

「大丈夫か？」

亮介さんが慌てて駆け寄り、私の腕を掴んだ。火傷《やけど》した部分にシンクで冷水をかけてくれる。

ヒリヒリとした疼痛《とうつう》に顔をしかめた。

「……すみません。フローリングに傷がついたかも」

彼の長い指が私の手首を押さえている。初めて彼に触れられたのもあって、心臓がものすごい音を立てていた。

「そんなのどうでもいい」

亮介さんは私をリビングのソファへ導き、茶色の小瓶を持ってくる。

「それはなんですか？」

「ラベンダーのエッセンシャルオイルだ。炎症と痛みを鎮《しず》めて、皮膚の再生・修復を促してくれる」

コットンに数滴垂らして患部に押し当ててくれた。ラベンダーのエッセンシャルオイルにそんな効果があるとは知らなかった。亮介さんは物知りだ。

「一日に二、三回塗ればきれいに治るだろう」

「ありがとうございます」

「足の捻挫が完治したばかりなのに、今度は手の火傷か」

彼は小さく息をついた。

「すみません……」

「火傷がひどければ、俺が君の食事を用意して、入浴介助をしてやらないといけなくなっていたかもな？」

不意に悪戯《いたずら》っぽい表情を見せた彼に、私はソファの上で後ずさる。亮介さんがこんな軽口を叩《たた》くなんて意外だ。

「にゅ、入浴介助って……」

「君は意外と危なっかしいところがあるから、片時も目が離せない」

困ったように微笑まれて、思わず胸がキュンとした。

こんな私を愛《いと》おしいと感じてくれているみたいで。

もちろんそんなはずはないとわかっている。彼は単に呆《あき》れているだけだろう。

「普段ならこんなミスはしないんです。亮介さんにいいところを見せたくて、意気込みすぎてしまいました」

「俺に？」

「兄から亮介さんがレモンのケーキが好きだと聞いたので、ウィークエンドシトロンを作っていたんです」

生地はだめになってしまったので、最初からやり直しだ。

「ウィークエンドシトロン……」

「週末に大切な人と食べるお菓子なんだそうです。あ、もちろんちゃんと自分の立場はわかっていますよ。それでも契約結婚の相手として大切な人でしょう？」

私の言葉に、亮介さんは弾かれたように目を見開く。

「……そうだな」

同意はしてくれたものの、どこか寂しげな表情に見えた。

そんなにもお菓子が食べたかったのだろうか。

「すぐに作り直しますね」

「火傷が治ってからでいいよ」

「もう大丈夫です。すでにレモンのアイシングを作っているので、今日作ったほうが材料も無駄になりません」

キッチンに向かい、再び生地を作った。二度目なのでスムーズに作業が進む。

「そういえば、兄は最近気になる女性がいるみたいですよ。同僚の方らしいんですけど、よく笑って明るい性格で一緒にいると楽しいと言ってました」

先日、電話を切る直前にそんな話もしたのだ。『ななせと須羽もうまくいってるみたいだし、俺も彼女をデートに誘ってみようかな』と張り切っていた。

「あいつのタイプは昔から変わってなさそうだな。……君はどんな男がタイプなんだ」

いきなり問われて、私は首をかしげる。

「え？」

「容姿のいい男か？　地位や名誉、財力がある男か」

いったいい亮介さんはなんのために私のタイプを知りたいのだろう。彼はいつになく真剣な顔つきをしている。

「どれも違います。偏見かもしれないけど、浮気しそうだから」

私の父も若い頃はかなりの色男でちやほやされていたらしく、町工場の経営が順調で羽振りもよかったとき、安咲子さんや母がいながら一夜限りの浮気を数えきれないほどしていたという。

いろいろと余裕がある男性には誘惑が多いのだろう。

「要するに、君は浮気をしない一途《いちず》な男がタイプなんだな」

「そうですね。でもそんな男性は存在しないでしょうし、現実的ではないですよね」

私が恋愛に希望も期待も持てないのは、母だけでなく父の生き様の影響も大きかった。もしかすると、私は男性不信気味なのかもしれない。

「だからこうして亮介さんと契約結婚をして、何不自由ない生活をさせてもらえて幸せです」

これが私にとって最善の選択だったのだ。

「本当に幸せなのか？」

真意を探るように尋ねられた。

「もちろんです」

聞き返してくるということは、彼はそうではないのだろうか。

気になったけれど、亮介さんは違うんですか？とはさすがに問い質《ただ》せなかった。

そうこうしているうちに生地が焼き上がる。仕上げ用のレモンのアイシングをかけて、レモンピールをのせた。

「あ、お皿……」

ケーキをカットしてガラス扉のカップボードを見ると、ちょうどよさそうなお皿がなかった。この家には必要最低限の食器しかないのだ。

「……今度、買い物にでも出かけるか」

どれを使おうか迷っていると、彼がつぶやいた。

「買い物ですか？」

問い返しながら、大きすぎるお皿にのせたケーキを差し出す。私の分はちょっと深さのあるお皿に入れた。たしかにもう少し食器があると便利だ。

ケーキは甘酸っぱくてとてもおいしく、彼も絶品だと喜んでくれた。

「君は俺が渡している生活費に手をつけていないんじゃないのか」

「はい。とくに使い道がないので」

正直に答えると、彼は呆れたように息をつく。

「とにかく買い物に行くのは決まりだ」

「じゃあ兄にも声をかけますね」

私と亮介さんだけで出かけるのは違和感があるし、そのほうがいいだろう。亮介さんと兄は友人同士なので気を遣うこともない。

「……千島か」

亮介さんはなぜか憮然《ぶぜん》とした様子で席を立った。そのままどこかへ行ってしまったので、私は困惑する。

相変わらず彼の思考回路は不明だ。

一週間後の週末。

兄を買い物に誘ったけれど、『せっかくなんだから夫婦で行けよ。っていうか俺、その日はデートだし』と断られたのだ。どうやら兄は例の同僚の女性をうまく誘えたようだ。

なので亮介さんとふたりでブランドのブティックやおしゃれなショップ、レストランやカフェがある並木《なみき》通りに繰り出した。

「先週のウィークエンドシトロンの礼も兼ねて、好きなものを買うといい」

亮介さんが促してくれるも、私はもともとあまり物欲がない。

「ありがとうございます。でもぱっと思い浮かびません」

「ジュエリーや洋服、バッグ、靴は？」

「うーん、必要ないです」

私の返答に、亮介さんの表情が険しくなる。本心を伝えたとはいえ、今のは失礼だっただろうか。

「とりあえずジュエリーを見に行ってみるか」

彼はつぶやいて、私をブランドのブティックへ連れて行こうとした。

「わっ、ちょっと待ってください」

「好きなだけいいぞ」

さらっとそんなことを言われた。

でも本気でジュエリーはいらないので、私は頭を悩ませる。

「そうだ、食器がほしかったんです。お鍋も買いましょう。ほら、お鍋も貴金属だしジュエリーみたいなものだから」

苦し紛れではあるものの、なんとか亮介さんをキッチンウェアブランドの路面店へ誘導した。機能性とデザイン性を兼ね備えたカラフルな商品が、直営店最大規模で取り揃えられているようだ。

「すごくおしゃれですね。えっ、お鍋が五万円？」

職人がひとつひとつ丁寧に作っているだけあって、やはり値が張る。

「それが気に入ったのか」

亮介さんは私の手もとをのぞき込んできた。

「でも高すぎるので、ほかのお店でも探してみます」

「重要なのは値段ではなく、君が気に入ったのかどうかだ」

「……いいと思います」

「それなら買おう」

大企業の御曹司である彼は、庶民の私のように五万円で悩んだりしないのだ。

このお鍋は品質がよくて十年は使えそうだし元はとれると、私は自分を納得させる。

「じゃあお願いします」

それからふたりで食器をいくつか選んだ。

「ほかにはないのか？」

「これもかわいいで……あ」

鮮やかなピンクのマグカップを手に取るも、よく見るとペアになっていて単品売りはしてないようだった。隣には同じデザインのブルーのマグカップが並んでいる。

珍しく一目惚《ひとめぼ》れしたけれど、これは諦めよう。私たちの関係にお揃いのものなんて必要ない。

「それも買うか」

陳列棚に戻そうとしたとき、彼がブルーのマグカップを掴んだ。

「いいんですか？」

「ああ」

亮介さんはペアを気にする様子もなくレジに向かった。私と同じものなど持ちたくないと思ったのに意外だ。

先ほど彼が『君が気に入ったのかどうかだ』と言っていたのが頭をかすめる。私がほしそうにしていたから買ってくれたのだろう。

そう察した瞬間、うれしさが込み上げてきた。

亮介さんは私が思っているよりも優しい人なのかもしれない。

最近の彼を見てそう感じ始めていた。


買い物のあとはカフェに立ち寄った。

それにしても亮介さんは常に周囲の視線を集めている。圧倒的なオーラがあるから、男女問わず釘付《くぎづ》けになってしまうのだろう。こんな人が自分の夫だなんて未《いま》だに信じられない。

「あれ？　もしかして須羽？」

アフタヌーンティーを楽しんでいたとき、私たちのテーブルの横を通りかかった派手な服装の男性が立ち止まった。

「安達《あだち》？」

亮介さんが記憶を辿るようにして呼びかけた。大学の同窓生のようだ。

「ひさしぶりだな！　買い物か？」

安達さんは亮介さんの隣に置いてある紙袋を一瞥した。あのあとリビングのファブリックやディフューザーなども購入したのだ。大きなものや重いものは家に送ってもらった。

「まあな」

亮介さんがうなずくと、安達さんは身を乗り出してくる。

「実は俺、半年前から須羽ホールディングスの傘下にある会社で働いてるんだ。親会社の御曹司の権力で出世させてくれよ。同窓のよしみでさ」

安達さんは揉《も》み手《で》で亮介さんに擦《す》り寄った。

久々の再会で早速これでは、亮介さんも快く思わないだろう。彼はまったく取り合おうとせずに黙殺している。

「ところで、こちらはどなた？」

不意に安達さんが私を見やった。

「あ、私は千島の妹です」

自分からそう名乗った。亮介さんの妻だと答えたら不釣り合いだと思われそうだし、彼の足手まといになるかもしれないからだ。大学の同窓生なら兄のことも知っているだろう。

「千島の妹？　あいつはひとりっ子だろ？　もしかして千島の親父《おやじ》がよそで作った子か？」

安達さんは怪訝そうな顔をした。

私が言葉に詰まると、その通りだと捉えたようだ。

「やっぱりそうか。千島の親父は型破りで地元の有名人だから、愛人を孕《はら》ませたって噂《うわさ》は聞いてたけど本当だったんだな。顔はかわいいじゃないか。中身は親に似て恥知らずみたいだけど」

「恥知らず？」

亮介さんが眉をひそめた。

「ああ。愛人の娘のくせに、本妻の息子の友人で、ましてや須羽ホールディングスの御曹司とアフタヌーンティーだとか、少しは身の程をわきまえろよな」

安達さんは私を鼻で笑った。私を人とも思っていないような態度だ。

たしかに私は父の愛人の娘だ。子どもの頃にクラスメイトから『存在自体が恥』と罵《ののし》られたこともある。

でも今こんなにも人目につく場所で、初対面の安達さんに非難されなければいけないのだろうか。

私が彼になにをしたというのだろう。

「俺の妻を侮辱するのは許さない」

そのとき、亮介さんが凄《すご》みのある声で安達さんを制した。

安達さんは信じられないというような面持ちになる。

「俺の妻？　須羽、まさかこの子と結婚してるのか？」

「そうだ」

即答した亮介さんに、安達さんは一瞬で青ざめた。

「ご、ごめん、知らなかったんだ。許してくれよ」

なんとか機嫌を取ろうとする安達さんを、亮介さんは冷酷に睨みつける。

「俺に相手にされなくて、彼女に八つ当たりしたのだろうが逆効果だったな。次はない」

亮介さんは安達さんをばっさりと切り捨てた。逃げるように去っていく安達さんをふたりで見送る。

亮介さんが私をかばってくれるとは思ってもみなかった。

「亮介さん、ありがとうございました……」

「君は俺の妻だ。堂々としていろ。恥じることはなにもない」

揺るぎない口調で告げられて目頭が熱くなる。彼の一言一句が心に深く染み入った。

私はもう父の愛人の娘じゃない。彼が変えてくれたのだ。

たとえ契約結婚でも彼の妻であることがうれしくてたまらなかった。

彼はただ自分の体面を傷つけられたと感じて安達さんをねじ伏せただけなのかもしれない。

それでもよかった。こんなふうに私自身を認めてもらえたのは生まれて初めてだったから。


帰宅後、リビングでペアのマグカップが入った箱を開けたとき、もう抑えられないと思った。堰《せき》を切ったように亮介さんへの気持ちが溢れ出す。

彼は書斎にいて、私が今なにを考えているのかなんて知る由もないだろう。

不愛想で、率直にものを言う彼が最初は怖かった。でも一緒の時間を過ごすうちに、彼のいろんな顔を見て、思いやりがあるところを知った。自然な流れで惹かれていったのだ。

私は彼への想いを自覚する。

けれど――。

『俺に愛情は求めるな』

私たちの夫婦関係はその上に成り立っている。

だからこんな気持ちを抱いてはいけなかった。

制御できない気持ち

数日後のある夜。

宵《よい》の口から雷を伴って激しく雨が降ると予報が出ていたので、早めに晩ごはんとお風呂を済ませて自室にこもった。

カーテンはぴったりと閉め、電気は煌々《こうこう》と点《つ》けて。

子どもの頃から雷が苦手で、恐怖症と言ってもいいくらいだ。きっと今夜は一睡もできないだろう。

雷は季節を問わないとはいえ、冬のこの時期に都内で発生するのは珍しい。最近は異常気象が増えている。

ベッドの上で身をひそめていると、窓の外で稲妻が走り、雷鳴が聞こえた。

「ひゃあっ……！」

心拍数が跳ね上がって、いても立ってもいられなくなる。そこに窓があるだけで怖かった。

トイレにいるほうがいいかもしれないと、ブランケットを片手に部屋を出る。

そのとき空が割れるような爆音がした。バリバリと短い音が続く。近くに落雷したのだろう。

腰が抜けてしまいそうになり、廊下の隅でうずくまった。冷や汗が止まらない。

「どうした？」

不意に声が降ってきて顔を上げた。亮介さんが心配そうに見下ろしている。

「亮介さん……」

「どこか痛いのか？」

「違うんです……。雷が……きゃあっ！」

再び雷鳴が轟《とどろ》き、両耳を塞《ふさ》いだ。

「雷が怖いのか？」

「はい……。窓がないトイレにでもいようかと……」

廊下には窓があるので一刻も早くここを出たかった。

「おいで」

取り乱す私に、亮介さんがそっと手を差し伸べた。

「え……？」

立ち上がらされて、どこかへ連れて行かれる。着いたのは彼の部屋だった。

室内には窓がふたつ。しかしキングサイズのベッドのそばにあるスライドドアを閉めると、そこだけ窓がなくなった。

間接照明の光が灯《とも》る八畳ほどの空間ができあがる。

「トイレよりはいいだろう。今夜はここで寝るといい」

「亮介さんは？」

「別の部屋で寝るよ」

彼はあっさりと出て行った。私のために気を利かせてくれたようだ。

残された私はおずおずと彼のベッドに横になる。

しばらくするとまた地響きがして悲鳴をあげた。どうやっても雷の気配をすべて遮断するのは不可能なようだ。

ひとり暮らしをしていたとき、こんな夜を何度も乗り越えた。だから今回も無事に朝を迎えられると自分を鼓舞する。

「大丈夫か？」

しかし私が時折声を出してしまうため、心配した彼が部屋に戻ってきた。

「亮介さん……」

「君さえよければ、今夜は一緒にいようか」

彼に提案されて、束《つか》の間固まる。

ためらいながらも無言で小さくうなずいた。

初めて彼と同じベッドで横になる。お互いの距離は保っているけれど、まさか一緒に眠ることになるなんて。

「……え？」

彼に背中を向けた体勢で雷に耐えていると、いきなり強い力で引き寄せられた。

後ろを振り返ろうとするも、私を抱きしめる彼の腕はびくともしない。

「あ、あのっ……」

私は彼の大きな体に包まれている。

「このほうが安心できるだろう。それにしても、君の心臓はとんでもなく早鐘《はやがね》を打っているな」

それは雷だけのせいじゃない。半分以上は亮介さんのせいだ。

「だ、だって」

「背中まで拍動が伝わってくる。どうすれば落ち着く？」

耳もとでささやかれて一気に体温が上がる。きっと私の顔は茹でだこみたいに真っ赤になっている。

「……なにか笑えるお話をしてください」

半ばやけになって彼にお願いした。

「俺に笑える話ができると思うのか」

「えっ……そうですね……」

大真面目《おおまじめ》に返されてしまい、いたたまれない沈黙が流れた。

「それほど怯《おび》えなくても、雷に打たれる確率は百万分の一だと言われている」

代わりに亮介さんはそんな知識を授けてくれた。

「百万分の一？　めちゃくちゃ高いですね」

「低いだろう」

「いいえ全然。私は亮介さんの妻になれたんですよ。世界人口八十億分の一を引き当てたんですから」

それに比べれば雷に打たれる確率はずいぶん高い。

「かわいいことを……」

「え？」

彼の声が小さくて、よく聞こえずに問い返した。

「なんでもない。君はいつから雷が苦手なんだ？」

「小学生の頃にものすごく雷が鳴った日があってそれからです」

「ひとりでいたのか？　母親は？」

「母は仕事に行ってました。ずっと働き詰めだったから」

「父親から金銭的な援助はなかったのか」

「母が断っていたんです。お金は安咲子さんや兄に使ってほしいと」

それは母のプライドだったのかもしれないし、せめてもの償いの気持ちだったのかもしれない。

「一夫多妻制の国では、夫はすべての妻を平等に扱う義務があるそうだが……。君の父親の罪は重いな。君や千島が歪まずに育ったのは奇跡だ」

「私はともかく、兄は思慮深くて立派な人です。こうして亮介さんに出会わせてくれたのも兄だし、感謝してもしきれません」

「俺も千島には感謝している。俺の妻が君でよかったよ」

亮介さんが柔らかい口調でささやいた。

背後にいる彼がどんな表情をしているのかは窺《うかが》い知れない。

けれどそんなふうに私を受け入れてくれるようになったのは、絶対に亮介さんを好きにならないと断言したからだろう。

俺の妻が君でよかったよという言葉を、今の私は素直に喜べない。それどころかむしろつらかった。

ようやく得られた信用を私は失おうとしているのだ。

こうして彼と密着し、喜びを感じている。このままときが止まればいいのにと願っている。それは彼への裏切りだ。

いつの間にか、雷鳴は聞こえなくなっていた。

「……雷、もう大丈夫そうなので、自分の部屋に戻りますね」

これ以上ここにいたら気持ちを制御できなくなりそうで、ベッドから抜け出そうとした。

それなのに彼は私を抱きしめる腕に力を込める。

「今夜は朝までここにいろ」

その言葉に他意はないだろう。また私がひとりで怯えないか心配しているだけだ。

わかっていても思わせぶりに聞こえてしまう。今夜の彼は無防備すぎる。

大切にしてもらえるのがうれしいのに苦しい。

もうごまかせないくらいに彼を好きになってしまった私は、契約結婚の交換条件を満たせなくなった。

自責の念に駆られながらも、ぎゅっと目を瞑《つむ》る。

今夜だけでいいから、彼のぬくもりに触れていたかった。

◇　◇　◇

彼女の最初の印象は、自分の意志を持たない女。

彼女の兄の千島から自慢の妹だとくどいくらい聞かされていたが、過大評価だと判断した。

だが俺にとっては都合がいいため、彼女に契約結婚を受け入れさせた。そのときは仕事で商談を成立させたのと同じような感覚だった。

一緒に暮らし始めたばかりの頃は、やはり他人の気配がする家が落ち着かなくて、つい彼女に意地の悪い話題を振った。

せいぜい目に涙を浮かべて悲劇のヒロインを演じるだけだろう。そう思っていたのに、彼女は俺を睨みつけて言い返してきたのだ。

正直、あのときは本気で面食らった。しかしその出来事がきっかけで俺たちの距離は一気に近づいた。

俺にだけ反論したという彼女。俺のために焼いたウィークエンドシトロン。俺にいいところを見せたくて意気込みすぎ、火傷するというかわいらしさ。彼女を好きだと自覚したのはその頃だ。もっと彼女を知りたくて自分から話しかけるようになった。極力残業はしなくなり、定時で帰宅するようにもなった。仕事人間だったはずの自分の変貌ぶりに、今もなお驚きを隠しきれない。

そして外出先のカフェで出くわした安達が、彼女を貶《おとし》めようとしたことが許せなかった。

身勝手だが、今の俺は彼女の愛情を求めている。なんとしてでも彼女を振り向かせたい。

雷に怯える彼女が愛おしくて、思わず強く抱き寄せる。

このまま俺の腕の中に閉じ込めておきたかった。

本当の夫婦に

亮介さんと同じベッドで眠った週末。

彼は急ぎの仕事を持ち帰ったようで、昼から書斎にこもっている。

私はというと、彼を裏切っているという罪悪感に押し潰されそうになりながらリビングでぼんやりしていた。

いつ彼に切り出そう。好きになってしまったのだから、もう彼の妻ではいられない。早く話さなければいけないとは思うものの、私の気持ちを知った彼に、君もその他大勢の女と同じだったんだなと失望されるのが怖かった。

憂鬱な気分でいたとき、兄から電話がかかってきた。

『ななせ、俺、例の同僚の女性と付き合うことになったよ』

兄は照れた様子で報告してくれた。先日のデートの際、実は両想いであったことが発覚したそうだ。

「そうなんだ。おめでとう」

『ありがとう。彼女なんてひさしぶりにできたよ。ななせが須羽と結婚してほっとしたっていうのも大きいな』

そんなふうに言われると、返す言葉が出てこなくなった。

『ななせ、どうした？　須羽とけんかしたのか？』

「……ううん。亮介さんはとってもよくしてくれてるよ」

『だったらなんでそんなに声が暗いんだ？　悩み事があるなら言え。俺が解決してやる』

兄の優しさが心に染み渡る。

いつも味方でいてくれる兄には隠せない。

「私、亮介さんを好きになってしまったの。契約違反しちゃったんだ……」

こんな結末を迎えるなんて思ってもみなかった。

『え？　ななせが須羽を？』

「妻失格だから、亮介さんとお別れしなきゃ……」

ぽつりと口にしたとき、背後に気配を感じた。

振り返るとそこには亮介さんがいて、呆然《ぼうぜん》と立ち尽くしている。

「亮介さん……」

「別れる？　俺と離婚したいのか？」

勢いよく歩み寄ってくる亮介さんに、思わずたじろいだ。スマートフォンからは兄が私を呼ぶ声が聞こえていたけれど、応答できるような状況じゃない。

「……近いうちにそうさせていただきたいと思っています」

もう少し心の整理をつけてから伝えたかったけれど、聞かれてしまった以上は先延ばしにできない。私は結論だけを告げた。

彼のことだから理由なんてどうでもいいだろう。きっとこれだけで「そうか」と納得されておしまいだ。

そうしたら、ちょっと切ないけれど円満に離婚できてよかったと思おう。胸の内で自分を励ます。

「絶対に手放さない」

亮介さんは言うが早いか私を強引に抱きしめた。いったいなにがどうなっているのか、頭の中が真っ白になる。

「亮介さん……？」

「俺のなにが不満だ。どこが気に入らない」

言い募る姿は、まるで私を必死につなぎ止めようとしているみたいだ。

そんなことはありえないのに。

「亮介さんに不満なんてないです。私が悪いんです。あなたを好きになってしまったから……」

「君が俺を？」

「……はい」

正直に伝えた。この気持ちはもう止められない。

「そうか。契約は破棄だな」

案の定、躊躇《ちゅうちょ》なくそんな言葉が返ってきた。

わかっていたとはいえ、切なさと寂しさを感じずにはいられない。彼は本当に無慈悲だ。あとは事務的な話し合いをして、私がここを出て行くだけだろう。

「改めてプロポーズさせてくれ」

「……え？」

「なぜ、俺と本当の夫婦になってくれないか」

彼からの求愛に、耳を疑って顔を上げた。

彼は焦がれるような目で、一心に私を見つめる。

「最初は自覚がなかったが、実は君の同期の男に嫉妬《しっと》していた」

「同期……？　徳永くんのことですか？」

「ああ。あんなどこの馬の骨かもわからないような男の車に君が乗るのが嫌だった。君が俺のことを全然知らない人だと告げていたのも気に食わなかったんだ」

亮介さんはこれまで秘めていた思いを吐き出すように言った。

私はそれを呆然と聞く。

「君が俺に会いに本社にやって来たときは、正直うれしかった」

「えっ……？　そうだったんですか……？」

「もう顔すら見たくないくらい嫌われたのではと落ち込んでいたからな」

「信じられない……。亮介さんが……？」

あのときは私のほうが嫌われたと思っていたのに、彼も同じように考えていたなんて。

「どうやら君がかかわると、俺は感情を揺さぶられるようだ」

彼は弱ったように眉尻を下げた。その表情に胸がキュンとする。

私に無関心だった彼がこんな姿を見せてくれるなんて、最大級の告白を聞いている気分だ。

「……私のほうこそ、亮介さんにだけ自分の意見を心のままに言えました。それは亮介さんが特別だからです」

ようやくその理由に気づけた。

彼と契約結婚を決めたとき、彼のそばにいたら私の人生もなにかが変わるだろうかと、ほんの一瞬だけ夢を見た。あの直感は当たっていたのだ。

私は自分をさらけ出せるようになった。

それだけじゃない。こんなにも人を好きになれた。

「なぜ、利害が一致しての契約ではなく、正式に結婚したい。君を愛している」

二度目のプロポーズは、一度目とは比べものにならないくらい熱くて甘かった。

「私、亮介さんを好きでもいいんですか？」

「そうでいてくれないと俺が困る。これからは君を大切にしたい」

「亮介さんは私をずっと大切にしてくれていますよ」

微笑みかけると、彼が美しい顔を寄せてくる。

「あまりかわいいことを言うな」

「んっ……」

触れるだけのキスが降ってきた。

さらにはお姫さまのように横抱きにされる。

「あ、あの、どこへ行くんですか？」

「キスだけで終わると思ってるのか？」

「えっ！　でも、ファーストキスなの……」

だからこんなにいきなりでは心の準備ができない。

パニックに陥る私に、彼は欲を孕んだ瞳を向ける。

「くそ……俺に箍《たが》をはずさせたいのか？」

「なに言って……」

彼は私を連れてまっすぐに寝室へ入っていく。

「亮介さん、待ってください」

ベッドに下ろされた私は、覆いかぶさってくる彼に哀願した。

まさか彼がこんなにも情熱的に迫ってくるなんて。

「待てない。今すぐななせのすべてを俺のものにする」

「あっ、んぅ……っ」

荒っぽく口づけられた。ドキドキしすぎて心臓が壊れてしまいそうだ。それでも彼に求められるのがうれしくてたまらなかった。

性急に服を脱がされて肌を重ねる。爪の先までとろけるほど愛されて、私は身も心も彼のものになった。

次の週末。

「妙な顔ぶれだな」

亮介さんは訝《いぶか》しげな表情で、自宅のリビングを見渡した。

そこには彼と私、それから兄と大村さんが集まっている。

「お茶会をすると兄に声をかけられたんです」

亮介さんと想いが通じ合った日、兄は私のスマートフォンから亮介さんの声が聞こえてすぐに通話を切ってくれたらしい。のちほどメッセージアプリを開いたら、【あとできちんと連絡するように！】というスタンプが届いていた。

亮介さんと正式に夫婦になると報告したら、『次の週末はそっちでお祝いのお茶会をしよう』と、兄が勝手に盛り上がってしまったのだ。

「私は所用でこちらにやって来たところを、お兄さまにお誘いいただきました」

大村さんは兄の向かいで紅茶を飲みながら笑みを浮かべた。

兄は自分で持ってきたドーナツを頬張《ほおば》っている。

「千島に大村、男ばかりでむさ苦しい」

「よく言うよ。筋金入りの女嫌いだった奴が。しかしまさか、ななせのおかげでその女嫌いが直るとはな」

悪態をついた亮介さんに、兄はしみじみと語った。

「副社長の女嫌いは健在ですよ。私が見る限りなんら変わっておりません」

大村さんは第一秘書という近しい立場から見解を述べた。

「そうなんですか？」

兄が問うと、大村さんは深くうなずく。

「実は先日、副社長の第二秘書の異動が決まり、新しく採用することになったんですが、女はやめろと念押しされました」

「須羽の秘書って歴代ずっと男でしたっけ？」

「はい。今後もそれは続くでしょう。先ほどお兄さまに副社長と奥さまの始まりは契約結婚だとお聞きしましたが、きっと最初から唯一無二の女性だったのでしょうね」

大村さんは私と亮介さんのこれまでの経緯と真相を知っても、あまり驚かなかった。それどころか、副社長が結婚するなんてなにか事情があるのだろうと思っていたとさえ語ったのだ。

さすが亮介さんの第一秘書だけあって、彼のことをよくわかっている。

「須羽は女嫌いとはいえ、薄情な奴じゃない。だからもしかするとなならうまくいくんじゃないかって、俺は一縷《いちる》の望みをかけていたんだ」

兄は密かに抱いていた思いを教えてくれた。

「そうだったんだね」

改めて兄へ感謝の気持ちが湧き上がってくる。兄が引き合わせてくれなければ、私も亮介さんも今ここにいなかっただろう。

「ですが奥さま、副社長は鬼でもあります」

大村さんが告げ口をするように声をひそめた。

「鬼？」

「安達さんという男性を覚えていますか？」

「亮介さんと兄の大学の同窓生の方ですよね」

どうして大村さんが安達さんを知っているのだろう。

「少し前に、副社長から安達さんの素行調査を依頼されたんです。規律違反などをしていないか探ってくれと」

「えっ」

「その結果、安達さんにある不正が発覚したため解雇しました。しかしわざわざ須羽ホールディングスの副社長が手を下すほどの人物ではなかったので、不思議に思って尋ねたんです。そうしたら、奥さまを苛《さいな》む奴は許さないのだと。詳細はお聞きしておりませんが」

まさか安達さんが子会社を解雇されていたとは知らなかった。

「俺が職権乱用したみたいに言うな。安達の態度から怪しいと睨んで素行調査を依頼したまでだ」

私が驚愕の眼差《まなざ》しを向けると、亮介さんは釈明した。

「そういうことにしておきましょうか」

大村さんは亮介さんの主張を受け入れつつ、にっこりと笑った。亮介さんは言葉にはしなかったけれど、きっと私のためでもあるのだろう。

私を苛む奴は許さない――そう思ってくれている彼の深い愛情がうれしかった。

「ななせ、安達と会ったのか？　なにがあったんだよ？」

心配してくれた兄には、もう済んだことだし大丈夫だよと答えた。

「大丈夫ならいいけど。俺からも話があるんだ。保志さんのことで」

「保志さんがどうかしたの？」

保志さんからはこのところ音沙汰がなかった。

「須羽が大金を積んで、経験豊富な婚活のプロに保志さんを託したんだ。おかげで保志さん、近々結婚するらしい。蓼《たで》食う虫も好き好きだな。とにかくよかったよ。これでもうなせに執着しないだろう」

私は唖然《あぜん》として、涼しい顔をしている亮介さんを凝視する。私の与《あずか》り知らないところで、保志さんを遠ざけるための対策まで講じてくれていたのだ。

そういえば、保志さんから連絡が来なくなったのは、彼に保志さんのことを話してからだった。

「亮介さん、ありがとうございます」

私はずっと彼に守ってもらっていたのだ。

「礼を言われるようなことはしていない。俺が気に食わなかっただけだ」

亮介さんは事もなげに言った。でも実際、保志さんの婚活は手強《てごわ》かったに違いない。

「奥さま、副社長はプライベートでも仕事ができる素晴らしいお方ですね」

大村さんは誇らしげな顔をした。

「おい大村。おまえは勝手に暴露しておいて、うまい具合にまとめようとするな」

亮介さんが咎《とが》めても、大村さんは胸を張っている。

私も兄もつられて笑った。


兄と大村さんが帰り、亮介さんとリビングでひと息ついていたとき。

「保志さんの婚活中に、安咲子さんとななせの話をする機会があったんだ」

不意に亮介さんが安咲子さんの名前を出した。

「安咲子さんと私の話ですか？」

「ああ。彼女は君と保志さんを結婚させようとしたことを後悔していたよ。さすがにどうかしていたと」

私は返答に窮してしまう。それはどういう意味で捉えればいいのだろう。

「君にはなんの罪もないとわかっていると声を詰まらせていた。ただどうしても心からは君の存在を認められなかったそうだ。直接は君に言えないが、『ななせを幸せにしてあげてください』と俺に頭を下げてきたよ」

「えっ、安咲子さんが？」

にわかには信じがたかった。

それでも安咲子さんがそんなふうに考えてくれていたことがわかって救われる思いがした。亮介さんが私と安咲子さんの架け橋になってくれたのかもしれない。

「彼女に頼まれなくてもそのつもりだ。俺がななせをこの世で一番幸せにする」

当然のように亮介さんが微笑んだ。まっすぐな目で見つめられて胸がときめく。

「亮介さん……」

「今日のななせは一段とかわいいな」

亮介さんは私の髪を撫《な》でながら、魅惑的な声でささやいた。

私は顔から火が出る思いで、口をもごもごさせる。

「……それ、昨日も言ってましたよ」

「毎日でもいいだろう。明日も言うと予告しておく」

「なんですかそれ……」

「正直な気持ちを伝えているだけだ。ななせがかわいくてたまらない」

怒涛の勢いで愛情を示された。私はこんな亮介さんにまだ少し戸惑いつつも幸せな気持ちになる。

「こっちが本当の亮介さん？」

「この俺はななせにしか見せない」

ソファに押し倒されて、無数のキスが降ってきた。

女嫌いで有名な彼が私にだけ激甘なのは誰にも内緒だ。

番外編　彼の猛愛

『やっぱりふたりきりで行くんですね。副社長が結婚式を挙げると言い出したときは、愛する奥さまを見せびらかしたいのかと思いましたよ』

「おまえはまだ俺をわかってないな。俺は独占欲が強いんだよ」

羽田《はねだ》空港にあるＶＩＰラウンジの個室で、亮介さんが大村さんとスマートフォンで話している。スピーカーをオンにしているので私にも筒抜けだ。

大きな窓の外には滑走路が広がっている。飛行機に乗るのが初めての私は、まもなく空を飛ぶということすら現実味がなかった。亮介さんと結婚して、私の人生は大きく変わったと思う。

想いが通じ合ったのは三カ月前。

彼がいきなり『ななせのウエディングドレス姿が見たい。ふたりきりで結婚式を挙げよう』と言ってくれたのだ。

その日まで左手の薬指にはこれをつけておいてくれと、ダイヤのリングを手渡しながら。

私と亮介さんは結婚式のために、今からマルタ共和国に向かうところだ。

「とくに用がないのなら切るぞ。ななせとの貴重な時間を邪魔するな」

『あ、お待ちください。奥さま、副社長をよろしくお願いいたしますね』

大村さんが私に声をかけた。どうやら第一秘書として亮介さんを頼みたかったようだ。

「はい。おみやげを買ってきますね」

私が答えると大村さんは『ありがとうございます！』と明るくお礼を言って通話を切った。

「なんだあいつ。少しは遠慮しろ。薄々思っていたが、ななせに馴れ馴れしいな」

亮介さんはおもしろくなさそうに顔をしかめた。最近の彼は感情が豊かだ。

そういえば、国内のサロンでウエディングドレス選びをしたときに彼が付き添ってくれたのには驚いた。

女性ばかりの場所だし、女嫌いの彼は近寄らないだろうと思っていたからだ。

彼はサロンで清々《すがすが》しいほど私しか見ていなかった。

どれを試着しても似合うと褒めて、選びきれないからお色直しの回数を増やそうと提案してきた。

でも披露宴はしないと決めていたので、そもそもお色直しの必要がない。

それを伝えると、『じゃあ結婚式を五、六回挙げるか』と真顔でつぶやいたから、私は思わず笑ってしまった。彼の思考回路は、結婚式は一回だという固定観念を覆してくれる。

厳選したドレスは、すでに宿泊先のホテルに届いているはずだ。それを着るのが今から楽しみだった。

専任のグリーターに搭乗ゲートへ案内してもらい、ファーストクラスで優雅な空の旅に出る。

約十八時間後、マルタ共和国の首都、ヴァレッタに到着した。

地中海に浮かぶ小国は、温暖な気候で透明度の高い海に囲まれている。歴史を感じられる石造りの街並みがそのまま残っている魅力的な国だ。

日本語を話せるスタッフとヘアメイクさんがホテルの部屋に来て、結婚式の支度を手伝ってくれた。私のウエディングドレス姿を見た亮介さんはきれいだと甘いため息をついて、こちらが恥ずかしくなるくらいの熱視線を注いだ。

タキシード姿の彼と、送迎車に乗って宮殿に向かう。こちらでは本物の宮殿で挙式ができるのだ。

美しく荘厳な一室で、薔薇《ばら》の花びらに縁取られたバージンロードを彼と腕を組んで歩く。

結婚指輪は契約結婚をした際に購入していたけれど、彼が買い直したいと言ったので新しくフルオーダーで作った。それを祭壇の前で交換する。

「ななせ、愛してるよ」

「私も亮介さんを愛しています」

眼差しを交わし合い、誓いのキスをした。自然と顔がほころんで、彼に抱きしめられる。

一生の思い出に残る素敵な結婚式になった。

挙式後は、ウォーターフロントに立つ五つ星ホテルに戻った。

バルコニーでさわやかな風に吹かれながら、刻一刻と表情を変える海を眺める。

最高のロケーションに、夢を見ているような心地になった。

「亮介さん、披露宴をしなかったのは私のためですよね」

静かに彼に問いかけた。

実は、『結婚式はする。披露宴はしない』と決めたのは彼だ。

私は複雑な家庭環境で育ち、彼と家柄が釣り合っていない。招待客の人数のバランスが取れないのは明らかだ。

披露宴をすれば私が嫌な思いをするかもしれないと、彼は気遣ってくれたのだろう。

「俺のためだよ。ウエディングドレス姿のななせを独り占めしたかったからな」

彼ははぐらかして笑みを浮かべた。その優しさに胸がいっぱいになる。

「ありがとうございます」

「礼を言うくらいならキスをしてくれ」

「あ……えっと」

きれいな顔を近づけられて、私は目を泳がせた。自分から愛情表現をするのはまだ慣れないのだ。

「なんだ、してくれないのか？」

形のよい唇を不満そうに尖《とが》らせる彼は、私を困らせて楽しんでいる。

「……目を瞑ってください」

覚悟をしてお願いしたのに、彼は色っぽく目を細めるだけだ。

「恥ずかしがるななせを見ていたい」

「亮介さんの意地悪……」

嘆きながら、広い胸にぎゅっと抱きついた。こうしたら恥じらう表情は彼に見られない。

「……かわいいな。ななせ、それは反則だ」

彼はつぶやいて、私を愛おしそうに包み込む。彼のほうからキスをしてくれた。

目の前の海は、いつの間にかオレンジ色に煌めいている。

「幸せだな」

「幸せです」

不意に同じ言葉が口を衝き、顔を見合わせた。

穏やかに微笑んだ彼に、感動が押し寄せる。

うれしさのあまり涙がこぼれそうになる私に、彼はもう一度甘く口づけた。

END

大嫌いなドクターが最愛の夫になるまで

宝月なごみ

不本意な緊急オペ

病院が嫌いだ。もちろん、そこで働く医者も。

まだ幼稚園児の頃、安易に薬を出さないことで有名だった小児科のせいで、風邪をこじらせて肺炎になった。転院先の総合病院は親の付き添いが許されず、肺炎の症状より家族といられない心細さの方がつらかったのをよく覚えている。

また、私は生まれつき血管が細いらしく、採血の必要がある時にはいつも一回注射針を刺されるだけでは済まない。何回も刺される恐怖感と数日は消えない内出血のことを思うと、検査の前から憂鬱《ゆううつ》になる。

極めつけが、学生の頃の失恋の記憶。

私はとあるきっかけで医学生と交際していたのだが、その恋人の浮気現場を目撃し、後味の悪い破局を経験する羽目になった。

運が悪いのひと言で済ませるには、肉体的にも精神的にも痛すぎる経験の数々。これはもう、前世で病院や医者との間になにか因縁があったとしか思えない。

だから、必要な健診など以外では病院にも医者にも関わらずに済むよう、健康には人一倍気を遣っている。家には栄養ドリンクを常備しているし、風邪をひいてしまった時も市販薬でなんとか乗り越えてきた。

もしも病院にお世話になることがあるとしたら、高齢になり色々と体の機能に不都合が生じるようになってからだ。それくらいの年になったらさすがに観念するつもりだが、今は自分の若さと日々の自己管理で医者や病院からできるだけ離れていたい。

それが、切実な私の願いだった。


「美怜《みれい》さん、今日もお弁当ですか?」

昼休みに入ってすぐ、デスクのそばを通りかかった新入社員・末次紫乃《すえつぐしの》が、私の手元を覗《のぞ》き込んで言った。

ここは、スポーツ用品メーカー『ルミナススポーツ』の本社営業部。

私、戸城《としろ》美怜は健康オタクであるがゆえ、就職先も健康関連の企業を希望。日頃の努力を履歴書でも面接でも雄弁に語った成果か、スポーツ用品メーカーでは国内大手であるルミナススポーツに内定をもらえた。

営業の仕事はよく歩くので適度な運動になるし、成果がわかりやすくモチベーションも上がりやすい。得意先のスポーツ用品店で自社製品のＰＲイベントを企画したりするのも好きで、入社七年目となった二十九歳の今も、充実した日々を送っている。

今日の午前中は、紫乃ちゃんを連れて一緒に得意先へ営業に行ってきた。先月まで新入社員は社内研修が多かったが、五月の大型連休も明けたので彼女にも本格的に仕事を教え始めているのだ。

彼女は頭の回転が速いだけでなくコミュニケーションにも優れているので、私が隣にいなくてもまったく問題はなさそうで、安心したところだ。

「そうよ。食材も調味料も自分で選んだものだから安心だし、栄養バランスも自由自在だし、食中毒の可能性も少ない。紫乃ちゃんもお弁当にしてみたら？」

言いながら、肩下まであるストレートの黒髪をゴムでひとつにくくる。

愛用の曲げわっぱの弁当箱には、緑が鮮やかなグリンピースご飯と豚肉の生姜《しょうが》焼き、筑前煮《ちくぜんに》、春菊のお浸し、ゆで卵、ミニトマトを詰めてある。

私は弁当の蓋《ふた》を手に取ると、裏側に装着してある抗菌シートを印籠《いんろう》のように見せつけた。

「確かに美味《おい》しそうですけど……朝、何時起きですか？」

「五時半」

時間だけ聞くと早いと思うかもしれないが、健康のために就寝時間も早いので、あまり苦ではない。

「私には無理です～。健康志向のランチなら外でも食べられますし、お腹《なか》強い方なんで食中毒も大丈夫です。それじゃ、行ってきます」

愛らしいピンク色のブランド財布を抱え、紫乃ちゃんがオフィスを出て行く。

合理的な考えが紫乃ちゃんらしい。お弁当だとランチが毎日ひとりきりになってしまい寂しいので、彼女を巻き込もうとしたが失敗だったようだ。

ほんのり切なくなりつつ、箸を持つ。私以外は基本的に外でランチをする同僚が多く、営業部からはあっという間に人がいなくなる。

「いただきまーす」

がらんとしたオフィスで手を合わせ、お弁当を食べ始める。

孤独な昼休みには慣れているし、不健康な食事で医者にかかる可能性が増してしまうのなら、私は迷わず手作り弁当のぼっちランチを選ぶ。そこまで思うと「うん」と自分を励ますように頷《うなず》き、お弁当を黙々と口に運んだ。

体に異変を感じ始めたのは、午後の営業先を回り終えた頃だった。紫乃ちゃんと共に取引先から帰社する途中、電車を降りたところで下腹部に鈍痛《どんつう》が走った。

……生理前によくあるやつ、かな。

我慢できる程度だったのでそんな風に思い、気を逸《そ》らすように紫乃ちゃんの話に耳を傾ける。彼女は今、同期の男性社員と友達以上恋人未満の関係になり、やきもきしているらしい。

「今夜三回目の食事に誘われてるんですけど、告白ありますかね？　もし、告白されないまま部屋とか誘われたらどうしようか悩んでるんです。都合のいい女にされたくないし」

「そうだよね。ちゃんとお付き合いを始めてからじゃないと、部屋は——」

そう言いかけた瞬間、下腹部の鈍い痛みが急にズキッと鋭いものになり、顔をしかめる。

「美怜さん？　どうかしました？」

「う、うん。お腹が痛くて」

「大丈夫ですか？　生理痛？」

「まだ生理ではないんだけどな……でも、大丈夫。とりあえず会社戻ろっか」

心配そうな紫乃ちゃんに笑顔を向け、お腹をさすりながら姿勢を正す。

腹痛なんて我慢していればそのうち治まる。今までもそうだった。

大したことないはずだから、仕事をして忘れよう。

帰社してからも腹痛は治まらず、事務作業に集中して痛みを紛らわすしかなかった。

今日の営業報告書をまとめた後、次回取引先に持参する提案書の作成に入る。

……が、時間が経《た》つにつれてさらに痛みのレベルが上がってきた。先ほどまでは痛む範囲が広めだったのに、今はお腹の右下がピンポイントで激烈に痛む。

いくらパソコンをジッと睨《にら》んでも、〝お腹痛い〟しか考えられない。

「じゃ、お先に失礼しまーす……って、美怜さん大丈夫ですか？　すごい汗……！」

紫乃ちゃんに挨拶されて気づいたが、仕事が進まないまま退社時刻の五時になっていた。今日のところは私も帰った方がよさそうだ。提案書も急ぎの仕事ではない。

「お腹、まだちょっと痛くてさ……。紫乃ちゃんは例の同期くんと食事だったよね？　軽々しく部屋に上がっちゃダメだよ」

「そ、そんな私の心配はどうでもいいですから、美怜さん病院に行った方が」

「ありがとう。薬局に寄るから平気。今は市販でもいい薬あるし……」

デスクに軽くもたれつつも、精いっぱいの笑顔を作って紫乃ちゃんに手を振る。

彼女はそれでも心配そうにしていたが、オフィスの出入り口に彼の姿が見えると、

「お大事にしてくださいね」と言って帰っていった。

私はゆっくり深呼吸をしながら、パソコンを閉じて帰り支度をする。

正直なところ、少し動くだけでもつらい。会社の最寄り駅から電車で十五分の自宅に帰ることを考えると気が遠くなるので、タクシーを使おうと決める。

ヨロヨロとオフィスを出て、普段の何倍も時間をかけてエントランスのベンチにたどり着く。ドサッと腰を下ろし、スマホでタクシーの手配をする。さっき紫乃ちゃんにも指摘されたが、顔中に脂汗《あぶらあせ》が勝手に浮かんでくるのでハンカチで押さえた。

成人してからこんなに体調が悪くなったのは初めてかもしれない。

こんな状態で今から薬局に行って、薬なんか買えるだろうか。とにかく家に帰ってベッドに倒れ込みたい……。

下腹部を押さえ、痛みで飛びそうな意識を必死で繋《つな》ぎ止める。

タクシーの配車アプリで現在地を確認すると、間もなく会社の前に到着しそうだった。重たい体を引きずるようにして、ビルの自動ドアを出る。目線の先の路肩に一台のタクシーを見つけ、これで帰れる……と気が緩んだその時だった。

今までで一番の激痛がぎゅううっと下腹部全体に走り、私は思わずその場にうずくまってしまった。あまりの痛みに目も開けられない。

「どうされましたか？」

通行人が気づいてくれたのだろう。男性の優しい声がした。

答えられないでいると、肩を支えられてその場に寝かされる。荒い呼吸を繰り返しながら、うっすら瞼《まぶた》を開ける。ブルーのシャツを着た三十代くらいの男性だ。

「お腹……が……」

ようやくとぎれとぎれに伝え始めた時には、男性が私の手首に触れていた。時折腕時計を確認しているので、脈を測っているのだろうか。応急処置の心得があるようだ。

「お腹、触りますよ」

「いった――っ！」

心強く思ったのも束《つか》の間。腹部の一番痛む箇所を無遠慮に押され、男性に一瞬でも心を許しかけた自分を呪《のろ》う。

痛みのあまり思わず涙を浮かべるが、男性は悶《もだ》える私に構わずスマホを耳にあてていた。

救急車を呼んでいるのかもしれない。不本意だが、これぱかりは仕方がない。点滴でもしてもらえば楽になるだろうか。

「二十代女性、右下腹部マックバーネー点に強い痛み。おそらく急性虫垂炎《きゅうせいちゅうすいえん》」

マック……なんて？　まるで医者のような処置を繰り返す男性だが、こんなタイミングで通りかかるなんて偶然あるはずがない。よくわからない人に〝おそらく急性虫垂炎〟なんて適当なことを言われたら、救急隊員だって困るだろう。医者や病院だけでなく、救急車を呼んでくれる人物にさえ私は運がないらしい。

このままきっと、ろくでもない病院に運ばれて、ヤブ医者の診察を受けて、頓珍漢《とんちんかん》な薬を処方されるんだ……。

終わらない痛みで心まで弱っているのか、自然と目が潤んでくる。電話を終えた男性が、涙ぐむ私を見てそっと肩に手を添えた。

「気をしっかり持て。救急車がすぐに来る」

「いいんです……病院なんて、行きたくない」

「なにを言ってる。症状が進むと炎症を起こしている虫垂が破裂するぞ」

男性がそう言って、また私のお腹に触れる。先ほどのように痛む箇所を強く押されるのではと緊張したが、彼は優しくそこをさするだけだった。

「あの、あなたはいったい……？」

「医者だよ。それも腹痛専門のな」

「そんな、都合のいい話があるわけ……」

疑いの眼差《まなざ》しを向けていると、彼が肩から斜め掛けしているバッグを開け、ネックストラップのついた名札を出して見せてくれる。私はゆっくり瞬《まばた》きしながら文字を追った。

【南天《なんてん》総合医療センター　消化器外科　医師　深作求己《ふかさくもとき》】

「消化器、外科……」

嘘《うそ》みたい。この人、お医者さんだったんだ……。

「そうだ。だからこの世の終わりみたいな顔をするな。ちゃんと処置すれば治るから」

怪しげな男性……もとい、消化器外科の立派な医師であったらしい深作さんが、励ますように私の手を握って微笑《ほほえ》む。

ふと、彼の顔に見覚えがあるような気がして目を凝らした。涼やかな目元に、凛々《りり》しいまっすぐな眉、スッと伸びた鼻筋、輪郭の綺麗《きれい》な薄い唇……。

私、このイケメン医師にどこかで会ったことがある気がする。

病院は長らく訪れていないから、それ以外の場所で……。

痛みをごまかすように記憶を辿《たど》るうちに、救急車が到着する。

ストレッチャーに乗せられ、救急隊員に口頭で名前を告げる。その一瞬、深作さんがなぜか私の顔を凝視した。けれどすぐに視線は逸れ、彼は救急隊員と難しい医療用語で会話していた。

「病院に到着次第、血液検査と腹部エコーを行う。場合によっては緊急手術になるかもしれない」

救急車の中まで付き添った彼が、私に説明する。

緊急手術……このまま痛みに耐え続けるのも嫌だが、手術も怖い。

腕の悪い医者にあたったら、いったいどうなるのか。考えただけで震えてしまう。

「でも、あの……薬で治る人もいるんじゃ……？」

急性虫垂炎って、いわゆる盲腸だよね？

わりと有名な病気だから治療法も聞きかじったことがあるけれど、薬で散らす、という選択肢があったように思う。

「炎症が軽い場合はな。しかし薬で治す場合は再発の可能性がある。とにかく、治療方針を立てるのはしっかり検査してからだ」

「はい……」

下腹部を襲う痛みに手術への恐怖まで加わり、不安しかない。

今日は最悪の一日だ……。私がなにをしたって言うんだろう。

現実から目を逸らすように固く瞼を閉じると、たまらず浮かんだ涙が目尻からスッとこぼれた。

搬送先は、救急車に同乗した深作さんの勤める南天総合医療センターだった。病院に着いて次々に検査をされた後、やはり緊急で手術を受けなくてはならないと宣告される。

執刀医は、先ほどの私服姿からブルーのスクラブに白衣といういで立ちに変わった深作さんだ。彼は今日、オンコールといって、外出などはできるが病院からの呼び出しにはすぐに応じなければならない勤務の日だったそう。

消化器外科には正規の夜勤担当医もいたが、別の患者の対応に追われているため深作さんが私を担当するという話だった。

虫垂炎は短い間に症状が進んでしまうらしく、私の病状はすでに初期とはいえないそう。『相当長い間痛みを我慢したんだろう』と、エコー画像を見た彼に半ば呆《あき》れたように言われた。

なんとしても病院に行きたくなくて、痛みに耐え続けたのが裏目に出てしまったらしい。

それから手術の説明を受けた。大きくお腹を切る開腹手術ではなく、おへそ付近を小さく切開してそこから小型のカメラと器具を入れる、腹腔鏡《ふくくうきょう》手術をするという。所要時間は一時間から一時間半程度だそうだ。

本音をいえばどちらの手術だって受けたくないが、渋々同意書にサインする。

前開きの手術着に着替え、ベッドに横たわったまま手術室に連れていかれる。患者の取り違えを防止するためか、部屋の手前で名前や同意書を再度確認された。

そのタイミングになってもまだ「痛い痛い痛い、怖い怖い怖い」と呪詛《じゅそ》のように繰り返していたら、付き添ってくれている若い女性看護師が気の毒そうに私を見る。

「戸城さん、大丈夫ですか？」

「いえ、あまり……。今まで、病気を悪化させるお医者さんにしかあたったことがないので」

「なるほど、それは不運でしたね……。でも、今回は絶対にそんなことありませんよ。なんたって、あの深作先生が執刀するんですから」

深作先生はどうやら信頼のおける医師らしい。私が倒れてからの経過を知っているという点では、確かに他の医師より安心だけれど。

「そんなに腕がいいんですか？」

「ええ。あんなに若いのに消化器外科専門医になった先生はうちの病院で他にいませんし、腹腔鏡手術はとくにお得意ですよ」

「若い……おいくつなんですか？」

「三十一歳です。でも、若いからって心配しないでくださいね。仕事一辺倒で独身ですし、ベテランの先生からも信頼されていますから」

看護師の頼もしい言葉と微笑みに、少し心が安らぐ。私のような患者の相手は骨が折れるだろうに、こんなに優しく接してくれるなんて……。

「準備は滞りない？」

その時、頭上で深作先生本人の声がして、ハッと我に返る。

ドクターが来たということはとうとう手術開始？

そう思うと、とたんに恐怖が舞い戻る。

「深作先生。はい、患者さんの準備は整っています」

視線を動かすと、看護師の言葉に頷く深作先生がそばにいた。

私の視線に気づいた彼が、ベッドに近づいて穏やかに目を細める。

「全身麻酔だから、寝ているうちに終わってる。怖がる必要はない」

「お医者さんからすればそうかもしれませんけど……」

つい、目を逸らして意固地な態度を取ってしまう。

誰だって、切られる方より切る方がいいに決まっているもの。

「相変わらず医者嫌いなんだな」

「そりゃ、簡単に直ったら苦労しません——って、私、その話先生にしましたっけ？」

看護師さんとの話を聞かれていたのかな。

「俺を信じろ。虫垂炎だけでなく、きみの医者嫌いも一緒に直してやる」

私を見下ろす目は、優しく頼もしい。

このご時世、そこまで断言したのに失敗、なんてことになったらＳＮＳで拡散されて色々言われるかもしれないのに……大人のくせに手術が嫌だと駄々《だだ》をこねる私を、先生なりに安心させようとしてくれているんだろうか。

この人になら任せても大丈夫かもしれない。漠然とだけれど、そう思った。

「そろそろ中に呼ばれるだろ。後でな」

「はい、あの……っ」

ベッドから離れようとする彼を呼び止め、振り返ったその目をジッと見る。

深作先生、やっぱり前にも会ったことがあるような気がする……。

手術が終わったら、お礼を伝えるのと一緒に本人に聞いてみよう。

「私、頑張ります」

深作先生は頼もしい笑顔で、大きく頷いてくれた。

「戸城さん、動かしますよー」

看護師にベッドを押されながら、手術室の大きな扉をくぐる。

覚悟が決まったからだろうか。それからの私は〝痛い〟も〝怖い〟も口にすることなく、背中に麻酔の大きな注射針を打たれた後、静かに眠りに落ちていった。


ウトウトした状態で瞼を開けると、目に入ったのは不安そうに俯《うつむ》く両親の顔だった。そういえば、看護師さんが連絡してくれると言っていたっけ……。

同じ関東でも車で一時間以上かかる実家から、わざわざ駆けつけてくれたようだ。

「お父さん、お母さん……」

そっと声をかけてみると、俯いていた両親がパッと顔を上げる。

「美怜、気がついたのか」

「具合はどう？　盲腸だなんてびっくりしたわ……」

ゆっくり瞬きをして、自分の体の状態を確認する。

あんなに痛かったお腹がなんともない。麻酔がまだ効いてる？

でも、目が覚めたということは麻酔も切れているよね……？

自分の体ながら半信半疑で、そっとお腹の方に手を伸ばす。すると、手術で切ったであろう箇所にチクッと刺激を感じた。とはいえ虫垂炎の悶えるような痛みとは比べ物にならないくらい軽い痛みだ。

「たぶん、大丈夫……。傷口がほんのちょっと痛むくらい」

「よかったわ。とにかく先生を呼びましょう」

母が枕元のナースコールに手を伸ばし、対応した看護師に私が目覚めた旨を伝えてくれる。生きててよかったな……と人生で初めて実感した。

それに、病院やここで働くすべての人々に、素直に感謝の気持ちが湧いてくる。深作先生は手術に入る前に宣言した通り、病気を治しただけでなく、私の中に長年あった病院や医師への苦手意識もやわらげてくれたみたいだ。

「顔色、いいですね」

看護師を伴い病室にやってきた深作先生が、私の顔を見て穏やかに微笑む。

「はい。おかげさまで」

ほんの数時間前の、手術前に顔を見たばかりだが久々に会うような気がして、なんだかとても嬉《うれ》しくなる。助けてもらったからだろうか。私はすっかりこの先生のファンになってしまったようだ。……医者が嫌いだったのに、我ながら現金なものだ。

先生は傷口の状態や血圧を確認した他、痛みや吐き気がないかを口頭で私に確認し、看護師に抗生剤の点滴について指示して診察を終える。

深作先生には手術の後で聞いてみたいことがあったが、両親や看護師もいる中では尋ねられる雰囲気ではない。それに、術後間もないせいか私も少ししゃべるだけで疲れてしまうので、今はあきらめることにした。

入院期間は、傷の治り具合にもよるが私の状態なら五日程度とのこと。

両親には一度私のひとり暮らしの自宅に行き、必要な荷物を明日の面会時間に持ってきてくれるようお願いした。

会社にも朝イチで連絡して、紫乃ちゃんにあれこれ引き継ぎしなくては。迷惑をかけてしまうのは確実だけれど、新人の紫乃ちゃんに丁寧な指導をするため、ふたりでひとり分の仕事をこなしている状態だったのが不幸中の幸いだ。紫乃ちゃんなら少し誰かがフォローすれば独り立ちできるだろう。

頭の中でこれからのことを整理すると、なんとなく安心して眠気が襲ってくる。

手術中も麻酔で眠っていたはずだけれど、やっぱり色々疲れているんだろうな……。

今は休むことが一番の薬だと言い聞かせ、静かな個室で目を閉じた。

眠っている間、懐かしい夢を見た。夢というか悪夢だ。

大学生の時に付き合っていた医学生の彼氏、矢口渉《やぐちわたる》から、インフルエンザに罹《かか》ったとメッセージがあった。

続けて【うつしちゃ悪いから、しばらくウチには来ない方がいい】とも。

そう言われても、恋人の体調不良を心配しないわけがない。

渉くんはあまり体調を崩すタイプではなかったから余計に不安で、私は普段ほとんど欠席しない授業をサボり、必要になるであろう食料やスポーツドリンクを買い込んですぐさま彼の自宅へと向かった。

当時の彼は、親から買い与えられた高級マンションでひとり暮らし。私は当時からすでに医者嫌いの傾向はあったものの、彼には酔った時に介抱してもらった恩があり優しい人だと信じていたし、医学部どうこう関係なく、彼のことが純粋に好きだった。

だから、私も優しくしたかった。渉くんのインフルエンザならうつされてもいいから、高熱でつらいであろう彼を少しでも楽にしてあげたい。

そんな一心で合鍵を使い、彼の部屋のドアを開けた。眠っていたら悪いからと、物音を立てないように靴を脱ぐ。その時、見知らぬ女性のパンプスが足元に置かれていることに気がついた。

一瞬動揺したが、熱がある彼を心配したお母様が来ているのかもしれない。確か、実家は都内だと言っていたもの。

パンプスのデザインはあきらかに若い女性ものだとわかっていたのに、彼を信じているがゆえに、私は自分を騙《だま》すように言い聞かせた。

そっと廊下を歩いてリビングに向かおうとしたら、どこかからひそやかな話し声が聞こえてきた。思わずキョロキョロすると、寝室のドアが少し開いていた。

渉くん……？　誰と話しているの？

ドクン、ドクンと、鼓動が大きくなる。

怖いもの見たさで、ドアの隙間にそっと顔を近づけた。ベッドの布団が膨らんでいて、枕元では渉くんが知らない女の人に腕枕をしている。

ショックで頭の中が真っ白になった。

『ねえ、彼女、合鍵持ってるんでしょ？　来ちゃったらどうするの？』

女の人が、甘い気だるさを纏《まと》った声で言う。

『いや、美怜は来ない』

『なんでわかるの？』

『だってアイツ、俺より自分の健康の方が大事だもん。来たとしても、マスク二重にして部屋中に除菌スプレーかけられそう。そんな彼女に看病されたって、萎《な》えんだろ』

渉くん……私のこと、そんな風に思っていたの？

大きな石でも放り込まれたように、心がズンと重くなる。

『えー、医学生の彼女としては優秀じゃない？』

『そうなんだけど、看病っつったらやっぱさ……男としてはこういうの、期待するじゃん？』

渉くんが、女の人の髪にキスをする。女の人がくすぐったそうにクスクス笑って渉くんに寄り添う。布団の擦《こす》れる音がしてふたりが重なり合った。

『もう……病人のくせに元気すぎ……』

徐々にふたりの吐息が甘くなって、激しくなって、そこに濡《ぬ》れたリップ音が交じるようになる。

私は転びそうになりつつもつれる足で、ドアから後ずさりした。

風邪をうつされたわけでもないのに、吐き気がした。思わず口元を押さえた手のひらに、溢《あふ》れた涙が伝う。

浮気現場を目にしたショックも大きいが、それ以上に彼の自分に対する評価に愕然《がくぜん》とした。私だって、渉くんが望むならどんな看病でもしたのに……彼が頼ったのは、恋人である私じゃなく、別の人。

「……っ」

嗚咽《おえつ》が漏れそうになり、慌てて廊下を駆ける。物音を気遣う余裕はなかったが、女性の喘《あえ》ぎ声が大きくなっていたので気づかれないだろう。

合鍵を投げつけるようにして玄関に残し、ドアから飛び出す。

それから一方的に【今までありがとう。さよなら】とメッセージを送ると、彼の連絡先をすべてブロックした。

渉くんとはそれっきりだが、この出来事が私の医者・病院嫌いに拍車をかけた。

恋愛することもすっかり億劫《おっくう》になり、仕事と健康維持だけを生きがいにする現在の私ができあがった。

退院と愛の告白

「……戸城さん？」

ゆっくり瞼を開けると、深作先生が私を心配そうに見下ろしていた。

「深作先生？」

「大丈夫ですか？　傷が痛むなら痛み止めを投与しますが」

なにを言われているのかわからず瞬きをした瞬間、目尻をスッと涙が伝う。

「あっ、違うんですこれは……ちょっと、悲しい夢を見て」

心の痛みを、消化器外科専門の深作先生に話しても仕方がない。

心配いらないと伝えるために笑顔を作るが、彼の表情はまだ冴《さ》えない。

「医者に関する嫌な記憶でも思い出したか？」

突然敬語をやめた彼にそう聞かれ、戸惑う。

どうしてわかったんだろう。やっぱり、彼は私を知ってる？

「ここは病院だ。強がる必要はないから、泣きたければ泣いて」

優しい言葉に、ぐっと目頭が熱くなった。

深作先生のおかげでわかったことがある。今まで医者や病院全体を憎んでいたのは、あまりに極端な思考だったと。

中には患者の不安を丸ごと包んでくれる、彼のように素敵なお医者様もいる。考えてみればあたり前のことだけれど、私の中でそれほど医者や病院へのトラウマは大きかったのかもしれない。

「ありがとうございます。でも、本当に平気です。約束通り、深作先生が体も心も治療してくださったから」

「それならよかった。俺はもう退勤なんだが、帰る前にきみの様子を見ておこうと思って。後で回診の医師が来るから、傷の状態はその時にちゃんと診てもらって」

彼はそう言い残し、白衣をひるがえしてドアの方へ向かう。

「あっ、待ってください……！」

「ん？」

「先生、以前私と会ったことがありませんか？　勘違いだったら申し訳ないのですが」

深作先生が、かすかに目を見開く。それから私のベッドのそばに戻ってきて、昨日両親が座っていた椅子のうちひとつを引き寄せ、腰を下ろした。

「あるよ。思い出してくれたのか」

あっさり肯定された。それに、少し嬉しそうにも見える。

クールな目が無邪気に輝いている気がして、胸がトクンと鳴る。

「思い出したというほどでは……先生の顔に見覚えがあるなってくらいで」

「そうか、残念だな」

今度は寂しそうに笑う深作先生。伏せられた睫毛《まつげ》が長くてとても綺麗だ。

私、こんなに素敵な先生のこと、どうして忘れているんだろう。

命の恩人にこんな顔をさせて申し訳なさすぎる。恩人といえば……そうだ。

「あのっ」

「どうした?」

「実は、命の恩人である先生にお礼をさせていただきたいと思っているんです。なにかご希望のものはありませんか?」

どんなに感謝を伝えても足りないから、彼にお礼の品をプレゼントしたかった。

これといった趣味もなく恋人もおらず、健康のためにほぼ毎日自炊している私なので、いくらか自由に使える貯金がある。現金は受け取ってもらえないと聞いたことがあるけれど、物ならいいだろう。

「お礼なんて必要ない。俺は自分の仕事をしたまでだし、患者からなにかもらうのは、たとえお金じゃなくても病院の規則で禁じられている。気持ちだけありがたく受け取っておくよ」

「でも、それじゃ私の気が済みません。先生には病気以外も直してもらっちゃいましたし」

「直ったのか、医者嫌い」

「はい。この病院のスタッフの皆さんと、深作先生のことは好きです」

頷いてにっこり笑ってから、急に恥ずかしくなる。

お医者様として尊敬していると伝えたかったのだけれど、別の意味に捉《とら》えられて引かれていたらどうしよう……！

かぁっと頬《ほお》が熱くなり、どう弁解しようかと頭を悩ませていたその時だった。

「やっぱり、お礼をもらおうかな」

「えっ……？」

意外な言葉に、目をぱちくりさせる。

〝好き〟の意味を勘違いされたわけじゃなかった？

動揺していた心が少し落ち着く。欲しいものを思いついたのだろうか。

「なんでも言ってください。さすがに車とかは無理ですけど……」

「退院したら、きみの休日を一日俺にくれないか？」

「それくらいお安い御用で……えっ？」

私の休日を深作先生にあげる？　どういう意味？

「俺と一日デートしてほしいんだ。病院にバレたら、金品を要求することより重罪になるかもしれないけどな」

重罪になるかもしれないなんて言いつつ、深作先生は少しもためらわずに私をジッと見つめている。

どうして私なんかとデートがしたいんだろう……。

「誘われる理由がわからないって顔をしてるな」

「それはそうですよ。だって私はただの患者ですし」

「俺にとってはただの患者じゃない。それをきみにわからせたいんだ。過去のことも含めて」

強い眼差しに射貫《いぬ》かれ、胸が熱くなる。過去の私たちにいったいどんな接点があったというの？

「あの……私たち、いつどこで出会って……」

「知りたいなら、デートにおいで。今はまだオペしたばかりで体も心も本調子じゃないだろうから、退院までの間に返事をくれればいい。ただ、遊びで美怜を誘っているわけじゃないということだけ、覚えておいて」

椅子からスッと立ち上がった彼が、去り際にこちらを振り返って言った。

甘い微笑みと、突然の〝美怜〟呼びにドキンと胸が跳ねる。

それに、遊びで誘っているわけじゃないって……。

軽くパニックに陥るが、やがて先生は出て行き病室にひとりになる。

素敵なお医者様の深作先生と休日にデートをする。それってお礼になるの？

彼の考えが全然わからない……。

ただ、こんなにも騒がしい胸の音を聞くのは久しぶり。学生時代の失恋以来すっかり男性を信用できなくなっていたけれど、深作先生には不思議と特別なものを感じている気がする。単なる興味以上のなにかを。

この気持ちは育てていいのだろうか……。

悶々《もんもん》としながらと寝返りを打ったら、点滴が引っ張られて「痛っ」と声が出た。

手術翌日は食事こそ摂《と》れなかったものの、その後は順調に回復し、予定通り入院五日目に退院日を迎えた。縫合《ほうごう》に使った糸は自然に溶けて体に吸収されるので、抜糸の必要もないのだとか。

木曜日の帰りに倒れたので、今日は週が始まったばかりの月曜。

仕事に行くのも問題ないそうだけれど、会社と相談してしばらくはデスクワークをさせてもらうことにした。私の見込み通り、紫乃ちゃんもすっかり営業の戦力として重宝《ちょうほう》されているようだ。

病室の荷物をまとめ、忘れ物がないか確認していたところでドアがノックされた。退院には母が付き添ってくれているが、先に会計を済ませてくると言って席を外している。

「はい」

静かに開いたドアから顔をのぞかせたのは、白衣姿の深作先生だ。

目が合っただけで、ドキッとする。最初はお医者様として尊敬しているというだけだったはずなのに、その気持ちは今、すっかり形を変えていた。

深作先生が病院スタッフから大きな信頼を寄せられているというのは手術当日から感じていたけれど、彼は多くの患者からも愛されていた。

彼が回診で大部屋を訪れていたりすると、廊下まで和《なご》やかな会話や笑い声が聞こえてくるし、誰でも利用できる休憩スペースでのんびりしていると、もれなく彼の話題が耳に入る。もちろん、深作先生を褒めるような会話ばかりだ。

一度、彼に退院の挨拶をしに来た八十代くらいの女性をナースステーションのそばで見かけたことがあるけれど、その時の深作先生はとても優しげに『せっかく元気になったんですから、まだまだ人生を楽しんでくださいね』と言って、女性の小さな手をしっかり握ってあげていた。

偶然その光景を目にして胸が熱くなったのは感動したからだと思っていたけれど、たぶんそれだけじゃない。

彼を見つめると胸の奥がきゅっと痛くなる。病院嫌いだった私が、できることなら退院したくないと思っている。いくら長い間恋愛から遠ざかっていたとしても、その理由がわからないほど子どもではない。

「退院おめでとう」

「ありがとうございます。本当にお世話になりました」

深々と頭を下げ、先生と目を合わせる。やわらかく目を細めて微笑んだ彼に、トクンと胸が鳴る。だけど、病院で会えるのはこれで最後……。

「お礼の件、どうするか考えてくれたか？」

先生が一歩私に近づき、静かな声で問う。

退院したら主治医には会えない。病気が治ったのだからあたり前だし、本来喜ばしいことだ。だけど……私は病院の外で、また先生に会いたい。

高鳴る胸に手を置いて、私はこくんと頷いた。

「土日ならいつでも空いているので、ぜひお礼をさせてください」

「ありがとう。だったら来週の土曜日に会おうか」

「大丈夫です」

「じゃあ、連絡先を」

深作先生が、白衣のポケットからプライベート用と思われるスマホを取り出す。

私も自分のバッグからスマホを出して、先生とメッセージアプリの二次元バーコードを使って連絡先を交換した。

「次、会えるのを楽しみにしてる」

スマホを握りしめてドキドキしていたら、深作先生が耳元でそっと囁《ささや》く。

私もです、と言えたらいいのに、胸がいっぱいでただ頷くことしかできなかった。

そろそろ母も会計を終えた頃かもしれないから、行かなくちゃ。

「それじゃ、行きますね。何度も言うようですが、ありがとうございました」

「気をつけてな。医者嫌いが直ったからって、戻ってくるなよ」

「ふふっ、大丈夫ですよ。先生も、お体に気をつけてくださいね」

「ああ、またな」

先生は優しく微笑んで、廊下まで私を見送ってくれた。

病院には戻ってくるなと言うのに『またな』だって……。

本当に私と会ってくれるんだ。お礼をするどころか、こちらがご褒美をもらうみたい。彼と約束した嬉しさをしみじみ噛《か》みしめているだけで、母のもとへ向かう足取りも軽くなった。


仕事に復帰した火曜日。私の穴埋めを頑張ってくれた紫乃ちゃんを労《ねぎら》うため、ランチを御馳走《ごちそう》することにした。紫乃ちゃんは素直に喜んで、ハンバーグの美味しい洋食店をリクエストしてくれた。

昼休みを過ごす会社員で溢れた店内で、肉汁たっぷりのハンバーグに舌鼓《したつづみ》を打つ。

こうして美味しいものが食べられるのも、深作先生のおかげだなと思いながら。

「えー、そんな素敵なお医者様のこと、なんで覚えてないんですか?」

紫乃ちゃんには、虫垂炎を発症してから退院するまでのことをかいつまんで聞かせた他、オペを担当してくれた医師に片想《かたおも》い中であることを話した。彼には以前会ったことがあるようなのに、その時の記憶がさっぱり思い出せないことも含めて。

「ホント、自分でも自分に腹が立ってる。出会った時期も、場所も思い出せないんだもの」

「ってことは結構昔ですかね？　学生時代とか」

「うーん、うちの大学に医学部はなかったけどな」

「じゃあ、別の大学の医学生と合コンしたとか？」

合コン……。一度だけ、経験がある。私はあまりそういう席が得意ではないからと断ったのに、人数合わせのために連れていかれたのだ。その席で酩酊《めいてい》してしまった私を介抱してくれたのが例の元カレ、渉くんだ。

二十歳《はたち》になったばかりだった私は、お酒の飲み方もよくわかっていなかった。

その他の顔ぶれはよく思い出せないが、確か、遅れてきたひとりがイケメンだったとみんなが騒いでいた気がする。もしかしてそれが深作先生……？

思い出そうとしても、彼が現れた時にはすっかり酔っていたのだろう、記憶が曖昧《あいまい》でハッキリしない。でも、彼と出会っていたならその時くらいしかなさそうだ。

「紫乃ちゃん、それかも」

「えっ？　マジですか！」

「でも、本当にそうだとしたら酔って醜態晒《しゅうたいさら》したとしか思えないんだけど……」

もう九年も前のことなのに、彼の方は私を覚えていた。ということは、よほどひどい姿だったのだろうか。

ちょっぴり運命的な出会い方を期待していたのに、一方的に迷惑をかけていただけだとしたら、むしろ彼の記憶から私を消し去りたい……。

「まさか、酔った勢いでやっちゃった系ですか？」

紫乃ちゃんが、興味津々に目を丸くする。

「そ、それはない！　その時最後まで一緒にいたの、元カレだし……」

「なるほど、元カレとやっちゃったわけですね」

「違うって！」

あの夜の渉くんはとても紳士的で優しかった気がするから、一線は越えていないはず。そんな彼がのちに浮気するなんて誰が予想できただろう。

「そういえば、紫乃ちゃんこそどうなったの？　友達以上恋人未満の彼とは」

「えっへへー。美怜さん、いつになったら気づいてくれるんですか？」

突然締まりのない顔になった紫乃ちゃんが、右手の甲をこちらに見せるようにして顔の高さに掲げる。華奢《きゃしゃ》な薬指に、ピンクゴールドの指輪がきらりと輝いていた。

「あっ、もしかしてペアリング？　もらったの？」

「そうなんです。美怜さんが腹痛でのたうち回っていたあの夜に、告白されてこれもプレゼントされて」

「おめでとう〜！　ちょっとその幸せオーラ分けて！」

「どうぞどうぞ」

菩薩《ぼさつ》のような笑みを浮かべた紫乃ちゃんの周囲の空気を手のひらでパタパタあおぎ、自分にかける。

神様仏様紫乃様、どうか私と深作先生に明るい未来を……。

紫乃ちゃんの幸せオーラと一緒にハンバーグのかぐわしい香りが髪についた気もするけれど、この際いいやと目をつぶった。


満を持して迎えた土曜日。深作先生が誘ってくれたのは、東京湾《とうきょうわん》を周遊するディナークルーズだった。船内のレストランで、夕暮れから夜の色に染まる海を見ながらゆっくりディナーを楽しむことができるプランだそうだ。

待ち合わせ場所は、船が出航する日《ひ》の出桟橋《でさんばし》。張り切って早めに家を出たので十分前に到着したけれど、深作先生はすでに私を待っていてくれた。

傾き始めた太陽がキラキラと照らす海をバックに立つ深作先生は、白シャツに明るいベージュのジャケット、スリムな黒のパンツ。

白衣を着ている時とはまた違う爽やかさに、ギャップを感じてときめく。

「すみません、お待たせしました」

緊張しすぎて声が掠《かす》れた。大して乱れてもいない髪を整えつつ、小走りで彼に近づく。船内で食べるのはフレンチだそうなので、淡い黄色のニットアンサンブルに白のフェミニンなマーメイドスカートを合わせ、綺麗めな服装にしたつもりだ。

「そんなに待ってないよ。行こうか」

当然のように手を差し伸べられ、顔が熱くなる。

……っ、繋ぐってことだろうか。

迷っていたら、彼の方から私の手を取り、ギュッと握った。突然のスキンシップに頬がますます火照《ほて》っていく。

「先生、あの……」

「デートの時に先生はないだろ」

「えっ？」

「知らない？　俺の名前」

もちろん知っています。知っていますけど……。

「も、求己さん……」

名前を呼んだ時点で心臓がバクバクしていたのに、満足げに微笑んだ彼に頭を撫《な》でられて、さらに鼓動が加速する。さっきから距離が近いし、求己さんの言動がいちいち甘いし、想像していた以上にデートっぽいデートだ。夢の中にいるみたいに足元がふわふわする。

「……やっと〝俺の名前〟を呼んでくれた」

求己さんが、かすかな声で呟《つぶや》いた。

「えっ？」

「いや、なんでもない。ほら、あの船だ」

気にはなったけれど、求己さんが軽く流したので、あまり深い意味はなかったのかなと思うことにする。求己さんが指さした方を見ると、桟橋の先に真っ白なクルーズ船が停《と》まっていた。

求己さんがチケットを提示して、入り口から乗り込む。彼と手を繋いではいたが、少しの段差につまずいてしまい、私は体のバランスを崩した。

「きゃっ！」

「……っと」

私が転ぶ前に、求己さんが強い腕で抱き留めてくれる。私を受け止めてもびくともしない分厚い胸板に、いっそう男性らしさを感じてどきりとする。

「す、すみません……」

「段差もだけど、船は揺れるから気をつけて。俺の腕に掴《つか》まるといい」

腕に掴まるなんて恥ずかしかったけれど、求己さんはあくまで紳士的な態度だ。

こういった場で女性をエスコートするのにも慣れているのかもしれない。

だったら、私もあまり意識せずお言葉に甘えよう……。

そうして腕を組ませてもらったものの、照れくささはなかなかごまかせなかった。

席についてもまだ顔が熱かったので、体の中で比較的冷たい手の甲を頬にあてる。

正面に座る求己さんは、おかしそうにクスクス笑っている。

「意外と男に慣れてないんだな」

「えっ……？」

「かわいいって言ったんだ。なにをしても、人生初デートみたいな反応をしてくれるから」

冷たい手を押しあてていたはずの頬に、またしても熱がのぼる。

それを言うなら、求己さんの方は女性に慣れすぎだ。

「か、からかわないでください……っ」

「俺はいつでも本気だよ。きみに再会できたのも運命だと思ってる」

心をまっすぐ射貫《いぬ》くような眼差しに、胸が熱くなる。

船内で談笑する人々の声も、船の出航を知らせる汽笛の音も、どこか遠くの世界のものに感じた。

テーブルに置かれたグラスにウエイターが水を注《つ》ぎに来て、私はやっと我に返る。

「再会……そうだ。それって、もしかして学生時代の合コンのことを言っていますか？　お恥ずかしいのですが、その時私すごく酔っていたので、男性陣のことは渉くん……私を介抱してくれた人のことしか覚えていなくて」

「会った日は正解だが、美怜はそれ以外の認識が間違っている」

「間違ってる？　なにがですか？」

「あの時、酔ったきみを家まで送って介抱したのは矢口渉じゃない。俺だよ」

えっ？　求己さん？

そんなはずはない。だって……。

「確かに、記憶は断片的ですけど……最後に隣で飲んでいたのが渉くんだったのは覚えています。それに、翌日彼にメッセージを送って聞いたんです。【昨夜、送ってくれましたか？　そうだとしたらご迷惑をおかけしてすみません】って」

「矢口はなんて返してきた？」

「【全然迷惑じゃないよ。それより美怜ちゃん俺と付き合うって約束覚えてる？】って返事が……」

「きみは俺と一緒にいたのに、アイツとそんな約束ができるはずがない。きみの記憶がないのをいいことに、作り話をしたんだ」

「そんな……」

　渉くんとの約束は確かに記憶になかったけれど、酔った自分の言動にも自信がなかったので、彼の話を鵜呑《うの》みにしていた。年上の男子学生を相手に『忘れました』と打ち明ける勇気もなかったし、私を介抱したくらいだから優しい人なのだろうと信じていた。

　だから付き合うことにも同意したのに、あれが彼じゃなかったということは……。

「俺は飲み会自体あまり好きじゃなくて、あの日も渋々参加したんだ。周りから付き合いが悪いとさんざん文句を言われていたしな。そうしたら、矢口がひとりの女の子の横にぴったりついて、もっと酒を飲むように勧めてた。美怜、きみだよ」

「渉くんが私にお酒を……？」

それではなんだか話が逆ではないか。

半信半疑で、あの夜の記憶を必死で手繰《たぐ》り寄せる。渉くんと隣同士になったのは、ビールを二杯くらい飲んだ後だっただろうか。

『美怜ちゃんワインいける？』

さりげなく隣にやってきた彼に、そう聞かれた。

『初めてです』と返したら、渉くんがふたり分のグラスワインを注文して、飲み方を教えてくれたのだ。

『香りを楽しんだ後は、一気に飲んじゃって大丈夫。喉が熱くなるけど、すぐ慣れるから』

『ホントだ、熱いです……』

『でも、美味しいでしょ？　ワインは悪酔いしないから大丈夫だよ。嬉しいな、一緒に飲める相手ができて。俺の友達はみんなワインの美味しさをわかってくれないんだ』

正直、彼が言うほど美味しいとは思わなかったけれど、大人として認めてもらったような気がして嬉しくなってしまった。だから、彼に言われるがまま追加を頼んだ。

頭がくらくらし始めていたのに、やめ時がわからなくなっていた。

「その後のことは、あまり記憶がありません」

「だろうな。きみはかなり酩酊していたから。せめて、俺がもっと早く着いていれば」

求己さんが、悔やむように眉根を寄せる。私が酔ったのは彼のせいじゃないのに、どうしてそんな顔をするんだろう。

沈黙が落ちた私たちのテーブルに、乾杯用のシャンパンが運ばれてくる。いったん話をやめてグラスを合わせると、求己さんがゆっくりあの日の真実を語り始めた。

すり替わった恋人――side求己

「赤ワインに含まれるポリフェノールは、女の子を内側から綺麗にするんだよ」

俺は最初、同級生の矢口渉がただ単に女子の注目を集めたいがためにワインの雑学を披露しているんだと思っていた。矢口は年がら年中「彼女欲しい」と言っているようなヤツで、俺を合コンに誘ってきたのも彼だったから。

元々飲み会は好きじゃないし試験を控えていたのでそっけなく断ったが、『前回も前々回も欠席だったろ』と文句を言われた上、『メシ食って酒飲んで座ってるだけでいいからさ～』と目の前で両手を合わせて頼み込まれると、断り続ける方が面倒になった。

一度参加すれば、次からは断りやすくなるかもしれない。そんな期待もあって『遅れてもいいなら』と承諾した。

そして大学に残って課題を片付けた後、指定された居酒屋の個室に行くと、冒頭のセリフが聞こえてきた。

ワインを飲んだだけで美しくなれるのなら、誰も苦労しない。冷めた頭でそう思いつつ、同席しているメンバーに軽く挨拶する。テーブルの上にはサラダや漬物、揚げ物などつまみの皿が所狭しと並んでいた。

メニューを渡され、なにを飲もうかと考える。確か暑い季節だったので、とりあえずビールという月並みな結論に至った。

注文を済ませると、女性陣からの質問攻めが始まる。

俺だけ後から参加しているわけだから、自己紹介くらいはしないとな……。

気が進まないながらも、他の友人たちと同じ国立大学の医学部四年で、消化器外科の専門医を目指していて……など、あたり障《さわ》りのない話をする。

女性陣の方は、看護学部や薬学部の他、健康福祉に関する学部がある私立大学の学生だということだった。彼女たちはその中で、スポーツと健康について専門に学んでいるらしい。

その話になんとなく耳を傾けていた時、ふと向かい側に座る男女の様子が気になった。男の方は矢口で、顔を赤くして俯く女性の顔をニコニコ覗き込んでいる。その女性こそが美怜だった。矢口は彼女が持つワイングラスの脚に、自分の手を重ねていた。

「こうやってたくさん飲めば、どんどん体がアルコールに耐えるようになっていくから。もうちょっと頑張れ、美怜ちゃん」

「もう飲めないです、頭がくらくらして……」

「ほら、俺が飲ませてやるから、な？」

美怜は拒否しているというのに、矢口は力づくで彼女の口元にグラスを近づけ、赤ワインを飲ませようとしている。もしかして、さっきのポリフェノール云々《うんぬん》という話も、彼女に無理やり酒を飲ませるために？　曲がりなりにも医者を目指している人間のすることではない。

その時、個室の戸が開いて俺のビールが運ばれてきたが、俺は店員の横をすり抜けて矢口と美怜のもとに近寄り、美怜が飲まされそうになっているワインのグラスを奪った。

わざと音を立ててグラスをテーブルに置き、矢口を睨みつける。

「彼女はいらないと言ってる。悪ふざけがすぎるぞ」

「な、なんだよ……そんな怖い顔しなくたっていいだろ」

矢口はへらりと笑ったが、俺は彼を睨むのをやめなかった。明らかに酔っている相手にさらなる飲酒を強要するのは、決して見過ごせる行動ではない。

矢口は分が悪いと察したのか、スッと立ち上がり別の女性のもとへ歩いていく。

また誰かに無理やり酒を飲ませるのではないかと危惧《きぐ》したが、他の友人がさりげなく「急性アルコール中毒、マジで危ないからやめとけ」と矢口に忠告しているのが聞こえた。

矢口の世話はその友人に任せ、俺は美怜の状態を確認することにする。

「大丈夫か？」

「ん〜……」

頭をゆらゆら揺らして、返事ともつかない声を出す美怜。その顔は真っ赤で、目の焦点が合っていない。

「水を飲んだ方がいい」

彼女の前に置かれた水に手を伸ばし、一度クンと匂いを嗅《か》いで口に含む。矢口のヤツが、水と偽って焼酎《しょうちゅう》を入れたりしていないか確認するためである。

無味無臭。とりあえず安全な水のようだ。

「ほら、水だ」

「……ありがと、ごじゃいます」

両手でグラスを受け取り、覚束《おぼつか》ない口調でそう言った彼女に、思わずため息がこぼれる。

矢口に飲まされたとはいえ、隙だらけもいいところだ。

このままここにいたら、今度は誰の餌食《えじき》になるかわからない。医学生といったって、中身は健康な二十代の男。聖人君子というわけではないのだ。

「なんでだろう、景色が回ってますねえ」

こちらの心配などお構いなしに、彼女がそう言ってふふっと笑う。

危機感のなさに拍車をかけたような言動に、ますます彼女を放っておけなくなる。

「酔いすぎだ。いつもこうなるまで飲むのか？」

「いえいえ〜。ハタチなので、お酒、デビューしたばっかりですし」

赤く上気した頬に独特の色気があったのでもう少し上かと思っていたが、二十歳だったのか。酒の飲み方を知らないのも納得だ。

「だったら覚えておけ。ワインは初心者向けの酒じゃないし、景色が回るほど飲んだら体がアルコールを分解しきれない。明日の体調は最悪だ」

「えー、やだなぁ」

「やだなぁ、じゃない。それと、もしかして空腹のところに酒を入れたんじゃないか？　そうするとアルコールの吸収が速まって――」

こんこんと説教を続けている途中、肩にコテンと彼女の頭があたる。

まさかと思って顔を覗き込んだら、美怜は長い睫毛を伏せてすうすう眠っていた。

……自由すぎるだろ。

「おい、起きろ」

肩を揺すってみるものの、目を覚ます気配はまったくない。頭を抱えたくなりつつ、彼女の連れである女性に声をかける。

「この子の家、どこか知ってるか？　送ってやってほしいんだけど」

「えっと……誰か、美怜んち知ってる？」

女性陣が揃《そろ》って首を左右に振り、お手上げ状態。

本人に聞こうにも、ますます肩にもたせかけてくる頭が重くなってきた。その時、矢口が目ざとくこちらの状況に気づき、自分を指さした。

「だったら、俺が送ってくわ。ほら、美怜ちゃんがそうなった責任も、俺にあるわけだし……途中で起こして住所聞くからさ」

神妙な顔を作っているつもりなのだろうが、口元がにやついている。センター分けの前髪から覗くテカテカとした額に【下心】という巨大な文字が見えた気がした。

「お前に頼むくらいなら自分で送る」

「なんだよそれ。深作、美怜ちゃんのこと気に入っちゃった系？」

下品に笑う矢口に、無言で冷ややかな視線を送る。冗談を言う場面ではないと察したらしい矢口は、「さっきからこえぇよ」と苦笑して、別の友人との会話に入っていった。

俺は幹事にふたり分の料金を支払うと、美怜を起こしてバッグを持たせ、彼女を自分の腕に掴まらせながら居酒屋の個室を後にする。

扉を閉めたとたん、不満げな女性たちの声が聞こえた。

「一番のイケメンお持ち帰りされちゃった～。あの子呼ぶの、もうやめよっか」

「だねー。酔ったフリするとか、超コソク」

どうやら、同席していた女性たちと美怜とは、そこまで親しくなかったようだ。

彼女も俺と同じく、義理か人数合わせで参加したのかもしれない。それにしても、無理やり酒を飲まされた上、こんなに泥酔しているのを芝居だと決めつけられてしまった彼女には少し同情する。

「ん……あれ？　ここ……」

「今、居酒屋を出るところだ。タクシーで家まで送るけど住所言えるか？」

「……たぶん」

「たぶんじゃ困る。頑張ってくれ」

俺は手のかかる妹でも連れているような気分で、捕まえたタクシーに一緒に乗り込む。運転手に行き先を尋ねられた美怜が、無事に住所を伝えられたのでとりあえずホッとした。とはいえ、美怜の瞳はまだとろんとしていて眠たそうだ。

「着いたら起こすから寝てていいぞ」

「……やです」

「なんで」

「医学部の人、ですよね？」

「そうだけど」

医学部だったらなんだというのだろう。怪訝《けげん》な目で見つめた先の彼女は、俺の視線に気づくとツンと顔を逸らした。

「お医者さん、嫌いです。なにされるかわかりません」

……心外すぎる。矢口のようなヤツに言うのならまだしも、こちらは百パーセント善意で行動しているというのに。医者をひとくくりにして〝嫌い〟と断言するのもかなり失礼だ。

「だったら、あんな会には二度と参加しないことだな。きみだって医学生が来るとわかっていて参加したんだろう」

「しょうがなかったんです。クラスの子がひとり都合悪くなっちゃって、その穴埋めにどうしてもって頼まれて……」

「やっぱりか。あの女性たちとは友達をやめた方がいいと思うぞ。きみがいなくなったとたんに悪口を言っていた」

「え……」

このことは胸にしまっておくつもりだったが、突然嫌いだと言われたショックもあり、つい口にしてしまった。彼女がどんな顔をしているか気になってちらりと横を見ると、美怜は大きな目からぽろぽろと涙を流していた。

「おい、ちょっと」

「あの子たちと気が合わないのはわかってましたけど……悪口はショックだなぁ。知りたくなかったです……」

「泣くなって」

ぐいっと彼女の頭を引き寄せ、胸に押しあてる。自分が泣かせたという負い目もあり、彼女の泣き顔をこれ以上見ていたくなかった。

酔って眠ったり、突然医者が嫌いだと言い出したり、かと思えば泣き出したり……彼女に振り回されて散々だと思う一方で、心臓がおかしな音を立てていた。

抱き寄せた彼女の甘い香りを嗅いでいると、このやわらかく小さな体を、この手で守ってやらなきゃいけないような気がしてくる。……なんだろう、この感情は。

いったん離れた方がいいかもしれないとそっと体を横にずらしたら、美怜も一緒についてきて、ギュッと俺の服を掴む。

その行動にドキッとしつつも平常心を装うこと数分、タクシーが彼女のアパートに到着した。

俺が支払いをしている間に、開いたドアから美怜が出て行く。

ひとりで歩けるのか心配ですぐに自分も降りようとしたが、足をもつれさせた彼女は転んで尻もちをついた。

「きゃっ……」

「大丈夫か？」

助けてやれなかったのを悔やみながら、美怜のもとにしゃがみ込む。怪我《けが》はないようだが、昼間降った雨のせいか路上が濡れていてスカートが汚れてしまっていた。

「立てるか？　俺に掴まっていいから」

「でもあの、私、手もすごく汚れていて……」

「それくらい大したことない」

少し強引に彼女の手を掴んで立たせ、肩を支えて歩き出す。美怜の部屋は二階らしいがエレベーターはないそうなので、やはり付き添ってよかったと安堵した。ひとりで帰していたら、階段から転げ落ちていたかもしれない。

部屋の前まで来てなんとか玄関の鍵を回した彼女は、ドアが開くと俺を振り返った。

「ありがとうございました……。お茶でも淹《い》れますから、どうぞ」

相変わらずの警戒心のなさに呆れそうになる。俺だって男なんだぞと彼女に迫る自分を想像しそうになり、慌てて打ち消した。

「無理するな。今の状態でお茶なんか淹れたら火傷《やけど》するぞ。早く風呂に入って休んだ方がいい」

「そ、そうですね」

自分の身なりを見下ろした彼女が、今さらのように頬を赤らめる。

そして靴を脱ぎ廊下に上がったかと思うと、慌てた様子で浴室らしきガラスのドアに突進した。あたり前だが、額を派手に打ちつける。

「痛い……」

美怜は手のひらで額を覆い、落ち込んだ様子でうなだれる。俺はため息をつくと、靴を脱いで彼女の部屋に上がった。このままじゃ、朝を迎えるまでにいくつ怪我をするかわからない。

「まったく、なにをやっているんだきみは」

「なにって、お風呂に入ろうと」

「だったらまずドアを開けるところからだ。くれぐれも溺《おぼ》れるなよ」

「……はい」

美怜はしゅんとしたまま、ガラスのドアの中に消えていく。

そのまま黙って帰ることもできたが、どうにも危なっかしい彼女が心配で放っておけず、体調が落ち着くのを見届けるまで部屋で待機することにした。

シンプルでよく整頓されているワンルーム。窓際にはタオルが部屋干しされている。

しばらくすると、シャワーの音が聞こえてきた。

彼女の姿こそ見えないが、ガラス越しに淡いピンク色のシャワーカーテンが揺れるのがうっすらと見えて、急にいたたまれなくなってくる。

いくら彼女が心配とはいえ、帰った方がいいのではないだろうか。よく考えれば、美怜は俺の名前すら知らないのだ。風呂に入っている間に俺の存在を忘れ、見知らぬ男が部屋にいると叫び声でもあげられたら厄介だ。

やはりここは帰ろうと決め、物音を立てないように玄関に向かう。

微かに後ろ髪を引かれたが、そんな自分に呆れる。

これでは矢口と大して変わらない。聖人君子じゃなかったのは俺も同じか——。

自嘲《じちょう》気味にそんなことを思っていたら、不意に「きゃぁっ！」という美怜の声が響く。ほぼ同時に、ガタンと大きな音がした。

浴室で足を滑らせて転倒したのかもしれない。

一瞬迷ったが、窓際に干されているタオルの中から一番大きなバスタオルを外し、浴室のガラス戸を開ける。シャワーカーテンをサッと開くと、美怜は湯の溜《た》まっていない浴槽の中でペタンと横座りになっていた。

「大丈夫か？」

声をかけたものの、俺の姿を見て不可解そうに首をかしげる美怜。まだ酔いが覚めていないのか、裸を隠すそぶりもない。かすかに動揺したがあまり見ないようにして、すぐにバスタオルを広げてその体を覆い、浴槽の中から彼女を抱き上げた。

「転んだのか？　足は捻《ひね》ってないか？」

「はい……。尻もち、ついただけです」

「まったく、本当にきみは目が離せない」

ため息交じりに言って部屋に移動し、ベッドに彼女を寝かせる。ずれたバスタオルから胸の谷間が覗き、慌ててその上から掛け布団をバサッとかぶせた。

……動揺している場合か。

「水を持ってくるから待ってて」

高鳴る鼓動をごまかすように、キッチンへ逃げてコップに水をそそぐ。ベッドに戻ると美怜は胸元を隠しつつ上半身を起こしていて、俺は彼女を直視しないようにコップを手渡す。

美怜は一気に中身を飲み干し、ぷはっと息をついた。

空のコップを俺に返して布団に潜り込んだ彼女は、今さらのようにキョトンとして俺を見た。

「ありがとうございます。お医者さん……？　でしたっけ？」

さっき医学生と説明したばかりなのに、もう忘れているようだ。

「まだ、卵だけどな」

「優しいお医者さんもいるんですね。助かりました」

話が噛み合っていないような気もするが、無邪気に微笑む彼女を見たら、どうでもよくなってしまう。その顔が見られたからよしとするか。なんて、甘いあきらめが俺の胸を満たしていく。こんなことを思うなんて、まるで……。

「そもそも、なんで医者が嫌いなんだ？」

淡い予感には気づかないふりをして、ベッドの傍《かたわ》らに胡坐《あぐら》をかき、彼女と目線を合わせる。

美怜は思い返すようにゆっくり瞬きした。

「子どもの頃から、いわゆるヤブ医者にしかあたったことがないんです。病院に行った方が症状が悪化する、みたいなことばかり続いて」

「それはまた珍しい体験だな」

「だから、病院に行かなくても済むように健康には人一倍気をつけているんです。風邪も滅多《めった》にひきません」

えっへん、と聞こえてきそうなドヤ顔すらも愛らしく感じ、胸が苦しくなる。

酔っているせいだと言い訳できたらよかったのに、俺は一杯目のビールすらひと口も飲んでいない。ということはやっぱり……。

「それはなによりだ。しかし今後は、酒の飲み方にも注意だな」

つん、と人差し指で彼女の額をつつく。

美怜はバツが悪そうに笑って、「肝に銘じます」と言った。

そのやりとりがおかしくてどちらからともなくクスクス笑う。俺の胸は優しく高鳴り、ごまかしようのない気持ちがどんどん広がっていった。

自分を振り回してばかりの彼女に、とうとう心まで奪われてしまったらしい。

中高生の頃、自分を好いてくれた女子とままごとのような付き合いをしたことはあったが、こんな風に偶然出会った女性に強い感情を抱くのは初めてだ。

芽生えたばかりの恋心を自覚しつつたわいのない話を続けていると、美怜が小さくあくびをする。

「また、眠くなってきちゃいました」

「ゆっくり休んだ方がいい。どちらにしろ、明日の二日酔いからは逃れられないだろうけど」

「起きるのが怖いな……」

「観念するんだな。鍵はある？　出て行く時にポストにでも入れておく」

だったら朝まで一緒にいようかという言葉が喉元まで出かかったが、飲み込んだ。

彼女に惹かれているのは確かだが、酔いの醒《さ》めていない彼女に付け込むような真似《まね》はしたくない。

「バッグの内ポケットです。本当にありがとうございました。ええと……矢口さん、でしたっけ？」

眠たげに瞬きしながら、自信なさげに呟いた彼女。

よりによってアイツと間違われるとは。

「違うよ。俺は深作――」

否定している途中で、彼女の瞼が固く閉じられていることに気づく。

どうやら寝てしまったようだ。まったく、どこまでも無自覚に俺を翻弄《ほんろう》してくれる。

俺は言われた通りの場所に鍵を見つけると、彼女の寝顔に向かって「おやすみ、美怜」と呟く。その名前を口にした瞬間、胸の奥から切ない想いが湧き上がった。

美怜、俺はきみのことが……。

ベッドのそばに跪《ひざまず》き、胸の内でそっと告白する。そして、眠り姫のように安らかな寝顔をたたえた彼女の額に、静かなキスを落とした。


またすぐに美怜と会いたい気持ちは山々だったが、臨床実習に向けての大事な試験を控えていたため、落ち着いたら彼女にコンタクトを取ろうと決める。

俺の目指している消化器外科専門医は、患者の大切な体に直接メスを入れ、デリケートな臓器に触れる仕事だ。美怜が出会ってきたような信頼できない医者に、誰が自分の大切な体の一部を触らせたいと思うだろう。彼女の話を聞いてそんな思いも深まり、以前よりモチベーションも高まっていた。

そうして勉強に明け暮れること、およそ三週間。試験を好成績で無事にパスして心に余裕が生まれたタイミングで、俺は講義室で偶然見かけた矢口に声をかけた。

美怜に会いたいものの連絡先を聞いていなかったので、もし彼が本人か彼女の友人の連絡先を知っていたら取り次いでもらおうと思ったのだ。

この男に頼るのは、限りなく不本意ではあったが……。

「えっ？　美怜の連絡先？　なんで」

机の上の荷物をまとめていた矢口は、俺の頼みにあからさまに顔をしかめた。

飲み会の時は『美怜ちゃん』と呼んでいたのに急に呼び捨てになっていることに違和感を覚えつつ、俺は正直に告げる。

「会って話したいんだ」

「いや、そんなの許すはずないだろ。人の彼女に堂々と会いたいとか言うのやめろよ」

半笑いの矢口が放った言葉に、俺の思考が一瞬停止する。

「人の彼女……？」

「そういやお前に言ってなかったっけ。俺たち付き合ってんだ」

衝撃だった。どこをどうしたら、そんな展開になるのだろう。

自分に無理やり酒を飲ませようとしていた男に、美怜はいったいどうして……。

「ちなみに、あの日美怜を家まで送って介抱したの、俺ってことになってるから、そこんとこよろしくな。他の女の子たちも口裏合わせてくれてるんだ」

「はっ……？」

「最後に一緒に飲んでた相手が俺だから、美怜のヤツ、なんか勘違いしたみたいでさ。だからって訂正するほどのことでもないし？　お前が手ぇ出さないでくれたおかげで、俺の株爆上がりよ。サンキューな」

矢口は勝ち誇ったように笑って、俺の肩をポンと叩《たた》く。

あの夜、確かに美怜は俺に『矢口さんでしたっけ？』と言った。

しかし、俺と矢口は見た目も性格も違うし、目覚めればなにもかもを思い出してくれるとばかり思っていた。

アルコールが脳へ及ぼす影響は理解していたし、実際に記憶をなくしたという体験談も世の中に溢れているのに……美怜がそうなると予測できなかったのは、完全に自分のミスだ。

すぐに訂正すればわかってくれたかもしれないが、彼女はすでに矢口の恋人。

後悔の念が次々押し寄せ、胸が苦しくなる。俺は自分が思っていたよりもずっと強く美怜に惹かれていたのだ。しかし、いったいどうしたら……。

呆然《ぼうぜん》としていると矢口のスマホが鳴り、画面を見た矢口が「噂《うわさ》をすれば」と片側の口角を上げた。

「もしもし美怜？　ああ、今終わった」

俺のことをチラチラ見ては、美怜との会話に頬を緩める矢口。

俺にも落ち度はあったが、彼女の記憶がないのをいいことに嘘をついた彼の神経を疑う。

体の脇で握った拳《こぶし》に、ぐっと力が入る。

「えっ。大学来てくれてんの？　マジありがと。すぐ行くわ」

通話を終えると、鼻歌でも歌い出しそうな雰囲気で俺の横をすり抜ける矢口。

しかし、すれ違った直後にぴたりと足を止め、念を押すように言った。

「ちなみに美怜は俺にべた惚《ぼ》れだから、今さら何言っても無駄だよ。お前の存在なんて丸ごと忘れられてるし、いきなり話しかけても警戒されて終わるだけ。ま、俺は別にどっちでもいいんだけど、お前だって無駄に傷つきたくはないだろ？」

俺は無言で矢口を睨み続けていたが、彼はそれすら愉快で仕方がないといった様子で、クスクス笑いながら講義室を出て行った。

矢口のやり方は卑怯《ひきょう》だし憤りは治まらないが、本当のことを告げるのが果たして正解なのかどうかは、俺にも自信がなかった。

今の美怜が幸せなのだとしたら、俺にそれを壊す権利があるのか……？

悶々としながらエントランスに向かうと、大勢の学生たちに交じって外に出て行く矢口と美怜の後ろ姿を見つけた。

ふたりはしっかり手を握り合っており、矢口がちょっとおどけたそぶりを見せると、美怜が満面の笑みになる。矢口が耳元でなにか囁くと、美怜が頬を赤くする。

彼女の瞳はすっかり、恋をする女性のそれだった。

きっかけがどうあれ、彼女が本気で矢口を想っていることはすぐにわかった。

叶《かな》うなら、あのコロコロと変わる愛らしい表情をもっと間近で見たかった。ほんの少し同じ時間を過ごしただけで心をさらった彼女を、もっと深く知り、愛したかった。

しかし、今やこの想いは完全に一方通行だ。

恋愛は酒と違って、第三者が無理やりやめろと言えるものではない。

今の美怜にとっては、自分を介抱した相手が矢口であると思っていた方が幸せなのかもしれない。存在すら忘れている俺に助けられたと知ったところで、変に戸惑わせてしまうだけ。

真実を知ったからといって、彼女が熱い視線を送る相手が俺に変わるかといったら、そうはならないだろう。人の気持ちはそう簡単に動かせるものではない。

……俺も、彼女を忘れるのには時間がかかるだろうな。

切ない想いを吐き出すように、深く息をつく。つぶれそうな胸の痛みが、嫌というほど失恋を自覚させた。

ふたりの姿を見送ると、俺はふたたび大学構内へと戻っていく。いつかまた彼女と再会することがあったら胸を張って医者だと言えるように、今はただ自分を磨こう。

そう思うことくらいしか心の拠《よ》り所《どころ》がなかったため、試験が終わったばかりだというのに、俺は勉強の鬼と化した。


あれから九年。俺は念願の消化器外科専門医となり、日々経験を積んでいる。

やりがいを感じる毎日だが、美怜に関する記憶を時々思い出しては切なくなる。

矢口とはあれ以来なんとなく疎遠になり連絡も取らなくなったが、それでちょうどよかった。美怜には幸せであってほしいと思う反面、矢口と結婚するなんてニュースが耳に入ったら、心から祝福できる自信がなかったから。

元々違う大学の美怜本人とは連絡手段もなく、繋がりはまったくなくなってしまった。それでも彼女への想いを引きずっている俺は、知人の紹介などで女性と出会う機会があっても本気になれず、いまだに独身だ。

あの時矢口から無理やり彼女を奪っていたらどうなっていただろう。そんな無意味なことをたまに想像しながらも、日々の仕事に追われて恋愛は二の次。そんな生活に慣れきっていた。

だから、美怜と再会したあの日は驚いた。

路上で倒れていた彼女に応急処置を施し救急車を要請する最中は、集中していたせいか彼女だと気づかなかった。しかし、彼女が救急隊員に名前を告げた瞬間、雷に打たれたような衝撃を受ける。

改めて彼女を見つめると、学生時代よりぐっと大人の女性らしくなっているものの、あの日俺の心を奪った美怜の面影もあり、胸が締めつけられた。

彼女と再会できたこの偶然を逃してはならない。そんな強い想いが、心の中で炎のように燃えあがった。

すれ違いも後悔も愛情に変えて

クルーズ船で食事をしながら、求己さんにすべてを聞かされた。

合コンで泥酔した私を家まで送り、介抱してくれたのは彼だったこと。渉くんが私の勘違いを逆手に取り、嘘をついたこと。

そして、求己さんがあの夜からずっと、私を想い続けてくれていたこと――。

「私、バカすぎますね。大切な恩人のことちゃんと知ろうともせず、渉くんに騙されたまま付き合って、結局は浮気されて」

自嘲気味に話すと、求己さんの眉間《みけん》にしわが寄る。

「あいつ、浮気までしたのか」

「はい。彼が熱を出した時、看病しに行ったら現場に出くわしちゃって……」

入院中はその夢を見て女々しく泣いてしまったが、ずっと騙されていたという事実を知った今、あのタイミングで渉くんと離れられてよかったのではないかと思う。

気まずさをごまかすように、メインディッシュの鴨肉《かもにく》を口に運ぶ。

「学生時代にそのことを知ってたら、矢口を殴っていた」

「えっ？」

物騒な発言が彼らしくなくて、ごくんと肉を飲み込んでから思わず聞き返す。

求己さんは険しい顔のまま、低い声で呟いた。

「いっそ思いきりヤツを殴ってきみを俺のものにしておけばよかった。そうすれば、美怜も傷つかずに済んだ。昔の俺は本当にバカだったよ」

「求己さん……」

「だけどもう、きみを他の男に取られたりしない」

正面から、求己さんの真剣な瞳に射貫かれる。私たちの周りだけ、時間が止まったような気がした。

「あの夜からずっと、美怜が好きだ」

嘘もごまかしもない、ストレートな愛の告白に心が震える。私も好きです、と溢れそうな思いを口にしそうになるも、ぐっと胸に押しとどめておそるおそる彼を見つめ返す。

「でも、ずっとあなたを別人と勘違いしていた私で……いいんですか？」

求己さんの顔はなんとなく覚えていたから、完全に忘れ去っていたというわけではない。だけど、助けてくれた彼にずっと義理を欠いていたのは事実だ。

「俺は美怜じゃなきゃ困るんだ。そうでなきゃ、九年も想い続けられない」

彼の一途《いちず》な想いに触れ、迷いが晴れていく。お互いたくさんの後悔があるけれど、今さら過去は変えられない。それよりもこれから彼とどう過ごしていくかの方が、何倍も大事だ。

小さく息を吸って、彼に微笑みかけた。

「私も、求己さんが好きです。今度はちゃんと、あなただけ見つめていたい」

「美怜……ありがとう」

想いが通じ合った私たちは、デートの仕切り直しをするようにもう一度グラスを合わせる。そうしてゆったり東京湾を巡りながら、料理と会話、それから始まったばかりのふたりの恋に酔いしれた。


船を下りる頃にはすっかり夜の帳《とばり》が下りていた。

湾岸の夜景が辺りをロマンチックに彩っていて、求己さんに手を引かれてしばらく埠頭《ふとう》を散歩しているだけで、満ち足りた気持ちになる。

少し風が冷えてきたので、求己さんにそっと身を寄せる。愛《いと》おしそうな目をした彼と目が合って、繋いだ手が離れたかと思うとぐっと肩を抱かれた。

密着感のある体勢に、心臓が暴れる。

「そういえば、美怜に謝りたいことがあるんだ」

「謝りたいこと？」

思いあたる節がまったくない。過去も今も、彼には助けてもらってばかりだから私は恩しか感じていないのに。

「美怜が酔っぱらっていたあの夜、眠っているきみの額にキスをしてしまった」

「えっ？　そ、そうだったんですか……？」

なんで覚えていないんだろう。

過去を後悔するよりこれからを、なんて思ったばかりだが、求己さんとのキスを覚えていないなんて、なんだか悔しい……。

「勝手な真似をしてごめんな」

私を見下ろした彼が切なげに微笑む。

当時の彼が抱えていた想いが伝わってくるようで胸がキュッと痛くなる。

「覚えていなくてすみません……」

「謝るのはこっち。でも、本当は……唇にしたかったよ」

求己さんが繋いでいない方の手を伸ばし、私の顎《あご》に手を添える。それから親指で唇をなぞった。触れられた場所が熱くなっていく。

「もう、我慢しなくてもいいか？」

とろけそうな甘い囁きにじわじわ顔が熱くなって、思わず周囲を確認する。まばらに人がいる程度で、誰もこちらのことは気にしていない。

私は遠慮がちに求己さんを見つめると、蚊の鳴くような声で「はい」と返事をした。

求己さんの両手が、優しく頬を包み込んだ。

「好きだよ、美怜」

啄《ついば》むような優しいキスが、落とされる。求己さんの温《ぬく》もりや香りを今までで一番近く感じて、胸が苦しくなる。唇が離れて視線が絡んだ瞬間、求己さんがたまらなくなったように私を抱きしめた。

「キスしてしまうと、余計に離せないな」

「私も、離れたくありません」

「そんなこと言われたら、今夜は帰せないぞ」

「それでもいいです」

私からも、彼の背中にギュッとしがみつく。

「酔ってるわけじゃないよな？」

「ほ、本心、です……」

改めて聞かれると恥ずかしくてたまらない。困ったように眉尻を下げて彼を見ると、求己さんが私の額に熱い唇を押しあてた。

「じゃあ、家に連れて帰ることにする。今夜のことは絶対に忘れさせない」

吐息をたっぷり含んだ低い声で囁かれ、体の奥がジンと疼《うず》く。

私も忘れたくない。

誤解してすれ違っていた分だけ、求己さんのことを教えてほしい。

心の内でそう呟くと、彼と一緒にタクシーに乗り込んだ。


閑静な住宅街に佇《たたず》む低層レジデンスの三階。その角部屋の寝室。

電気もつけず彼ともつれ合うようにして部屋に入ったので、室内の様子もよくわからないままベッドに押し倒される。

肉食獣のように覆いかぶさってきた求己さんが激しいキスの雨を降らせ、呼吸を荒らげながらも私は彼を見上げる。

「んっ、あのっ……」

「うん?」

「シャワーとか……んぅ」

「悪いけど、待ってやる余裕がない。この九年、どれだけきみを愛したかったか」

言いながら、彼の唇が首筋に下りていく。カーディガンを脱がされ、ノースリーブのニットを胸の上まで引き上げられる。下着越しに胸を見られてかぁっと頬を熱くしていたら、彼の手が手術の痕《あと》をそっとなぞった。

「ここ、痛くないか？」

「平気です」

「本当に？」

「はい。腕のいいお医者様が縫ってくださったから」

手術から二週間以上経ち、傷の痛みは本当に消えていた。私は彼の顔を両手で包み込み、安心させるように自分から下手なキスをする。

求己さんは不意をつかれたように目を丸くした後、困り顔で笑う。

「きみの前では、医者じゃないよ。……ただの男。いや、雄《おす》か」

最後だけボソッと呟いたかと思うと、ブラのカップをずらして胸の先端を口に含む。飴玉《あめだま》を転がすようにたっぷり舐《な》められて、びりびりとした快感が腰へと下りていく。

彼は胸を愛撫《あいぶ》したままマーメイドスカートのファスナーを下ろし、脚から抜いてしまう。

そのままゆっくりと脚を開かされ、ショーツの隙間から指が忍び込んだ。

とても恥ずかしい格好なのに、なぜか抵抗できない。

「かわいい。……もうとろけてる」

音を立てて埋め込まれた指が、中で暴れる。

私は短い悲鳴をあげながら体を震わせ、彼の首にしがみつくのが精いっぱい。

求己さんは何度も「かわいい」とか「好きだよ」とか、それからもっといやらしいセリフをたくさん囁いては、私の心にも甘い快楽をもたらした。

「美怜、入れるよ」

「はい……んっ」

十分に馴《な》らしてもらったところで、彼を受け入れた。

避妊具をつけていても感じる熱さや脈打つ感覚に、体も心も彼でいっぱいに満たされる。

奥まで入ると、彼はとても切なそうな目で私を見つめ、優しく唇を塞《ふさ》ぐ。シーツの上ではどちらからともなく両手を握り合い、私たちの体はどこもかしこもぴったり重なった。

「二度と他の男と間違われないように、じっくり俺のこと教えるからな」

こつんと額を合わせ、瞳を覗かれる。甘い視線が絡み、ドキドキ胸が高鳴る。

「あの、お手柔らかに……」

「手加減はしないよ。きみを愛しているって、全力で伝えたいから」

強い決心を滲《にじ》ませた瞳で、求己さんが宣言する。ドキンと胸が鳴ると同時に、荒々しく唇を塞がれた。ゆるやかになっていた官能の波が、彼が腰をぶつけるたびにまた大きくなっていく。

「美怜、美怜……っ」

「求己さん……っ」

擦《こす》れ合う肌が、愛しさに火をつける。名前を呼び合うだけで心も体も昂《たかぶ》っていく。

もう、他の誰とも間違えようがない。

私の愛する人は、求己さん、あなたでしかあり得ない――。

すれ違った過去を悔やみ、今ある溢れんばかりの愛情を伝えるため、私たちは体力と時間の許す限り、互いを求めた。


求己さんと恋人になって三カ月が経ち、季節は夏真っ盛り。

お互い仕事が忙しいので、できるだけ一緒にいられるように同居生活を始めた。

「できました！」

「おお、今日も美味しそう」

ふたりで過ごす生活にも慣れてきた、ある朝のこと。

キッチンに並べてあるのは、大きさの違うふたつの曲げわっぱの弁当箱。彼が日勤の時だけでも作らせてほしいと、私から申し出たのだ。

彼は大変じゃないかと心配してくれたけれど、自分の分だけ作るより、好きな人の分と一緒に作った方が、むしろやる気が湧いた。

今まで健康にだけこだわって詰めていた中身を、緊急オペなどで多忙な求己さんでも食べやすいよう、手づかみで食べられたりひと口サイズで揃えたりと、工夫するようになった。

今日のメニューはみそ味と醤油味《しょうゆあじ》の二種類の焼きおにぎりと、小さめに作って串《くし》を刺した煮込みハンバーグ。ほうれん草入りの卵焼き、デザートのフルーツだ。

「毎日同僚が褒めてくれるよ。奥さん料理上手ですねって」

中身のお披露目《ひろめ》が終わり弁当箱の蓋をしたところで、求己さんが後ろから私を抱きしめる。同居生活に少しずつ慣れてきたとはいえ、朝からこうして甘い空気になるのは、まだ少し照れてしまう。

「お、奥さんじゃないですけどね……」

「じゃあ、奥さんになってくれる？」

「えっ？」

それって……。

淡い期待を抱いて、後ろの彼を見る。求己さんはスラックスのポケットを探り、上品なネイビーのリングケースを取り出した。

「せっかくならカッコつけたくて、〝これ〟が完成するまで言い出すのを我慢してた」

彼がケースの蓋を開き、指輪を見せてくれる。優しいカーブを描くリングの中央で、大きなダイヤが眩《まばゆ》い輝きを放っていた。

「いつ予約を……？」

「わりと付き合い始めてすぐだよ。美怜とは恋人になるだけじゃ足りない。もっと本当の意味で俺のものにしたいと思ったから、指輪ができたら言おうと決めてた」

そんなに早くから、私との将来を考えてくれていたの？

驚きと感動で、胸がいっぱいになる。かすかに潤んだ瞳の向こうで、求己さんがまっすぐ私を見つめていた。

「結婚しよう、美怜」

彼がはっきりとプロポーズの言葉を口にする。元々潤んでいた瞳にみるみると涙が溢れ、瞬きした瞬間にぽろっと頬を滑り落ちた。

「……はい。喜んで」

泣き顔でくしゃっと笑うと、求己さんも微笑みを返し、薬指に指輪をはめてくれる。

そのまま両手を引かれ、将来を誓う口づけを交わした。

かつて大嫌いだったドクターが最愛の夫になる幸せな日は、もうすぐ。

番外編　もうひとりの医者嫌い

木の温もりがあるロッジ風の建物、森の動物たちの人形、きのこ形の椅子、たくさんの絵本。小児科の待合室というよりテーマパークのようにかわいらしくて楽しげな空間に、息子の金切り声が響いていた。

「いやだぁぁ！　ちゅうしゃ、しないぃぃぃぃ！」

顔を真っ赤にして泣きわめいているのは、今年で四歳になる息子の健太郎《けんたろう》。求己さんと結婚して間もなく授かった第一子だ。

普段は保育園でも習い事のサッカー教室でもとても明るく活発なのだけれど、誰に似たのか、小さな頃から病院が大の苦手。中でも一番嫌いなのは予防接種だ。

昨夜、夫であり消化器外科専門医である求己さんから、予防接種がいかに大事でこれまで多くの子どもたちの命を救ってきたのかという話をしてもらい、健太郎もその時は神妙に頷いていたのだけれど……実際に病院に来てみたら、こうである。

出入り口のそばから離れず肩を震わせている健太郎に、そっと声をかける。

「健太郎、カッコいいお兄さんになって頑張ろう？」

「やだっ！　いたいもん！　かえるっ！」

健太郎は聞く耳を持たないという感じで、地団駄《じだんだ》を踏む。

困ってしまう反面、元・医者嫌いの私にも健太郎の気持ちがよくわかる。

同じ注射でも、自分のコンディションや打ってくれるお医者様によって、痛みの度合いが違う。だからやみくもに『痛くないよ』だなんて嘘はつけない。

受付窓口のスタッフはこれくらい慣れっこなのだろう。とくに健太郎には気を留めず、てきぱきと問診票や母子手帳を確認してくれる。

しかし、待合室には他にも親子がいる。一般診療と区別された予防接種限定の診察時間のため具合の悪い子がいるわけではないが、母親としてはどうしても、静かにさせなくてはと気を揉《も》んでしまう。

「そうだ健太郎。終わったら、お昼はハンバーガー食べよう！　ね？」

嫌なことが終われば、ご褒美がある。物で釣っている感が否めないが、どうにか機嫌を直してほしいので、こちらも必死である。

健太郎は少し興味を示したのか、くりくりの潤んだ目で私を見る。

「今ならね、ヒカリモノ戦隊アオザカナーズのおもちゃ付きだよ」

素早くスマホを操作し、目当てのファストフード店の子ども用メニューを検索する。

健太郎の好きな『マグロレッド』も『サンマブルー』も、まだ在庫はありそうだ。

画面を見せると、健太郎は葛藤《かっとう》するように眉をキュッと中央に寄せた。

「うっ、うっ……ほしいけど……やっぱりやだぁぁぁ！」

……振り出しに戻った。思わず乾いた笑いが漏れ、ガクッと肩を落とす。

その直後、診察室のドアが開いて予防接種を済ませた女の子とそのお母さんが出てきた。見覚えのある顔だったので、私は思わず声をかける。

「こんにちは。苑香《そのか》さん、蓮華《れんげ》ちゃん」

「ああ、美怜さん！　健太郎くんもこれから予防接種ですか？」

同性でもうっとり見惚《みほ》れてしまうほど美しい微笑を浮かべたのは、健太郎と同じ保育園に通っている同級生・蓮華ちゃんのお母さん、瀬戸山《せとやま》苑香さんだ。

有名な花屋の経営者で、持ち物や服装はどれもさりげないブランド品。

洗練された仕草や立ち姿はモデルのようだし、実際経済紙などにインタビュー記事が写真付きで載ることも多い彼女は、保護者内でいつも憧れの的。

かといって高飛車なところなどなく、話してみればとても気さくで優しい人だ。

「そうなんです。……でも、ずっとあんな感じで」

そう言って健太郎の方を見ると、心配そうな蓮華ちゃんに顔を覗かれていた。健太郎は少し気まずそうに、服の袖で涙を拭《ぬぐ》う。

「れんげちゃん、いたかった？」

「チクッとしただけ。こわくなかったよ」

「ほんとう？」

子ども同士で話している方が、健太郎の気持ちも落ち着くようだ。もしかしたら、親である私からは〝絶対注射を打たせるぞオーラ〟みたいなものが出ているのかもしれない。

「うん。そうだ、これかしてあげる」

蓮華ちゃんがポケットから取り出したのは、ラミネート加工された小さな押し花のしおり。綺麗に閉じ込められているのは、白く可憐《かれん》なカモミールの花だった。

「このおはな、なぁに？」

「カモミールっていうの。パパが、ちゅうしゃがんばれって、くれた。れんげはもうがんばったから、つぎ、けんたろうくん」

蓮華ちゃん、なんて優しいのだろう。つたなくも温かいやりとりに、胸がじーんとする。

「カモミールの花言葉には〝逆境に耐える〟というのがあるんです。それで、夫が予防接種を控えた蓮華に持たせてあげて」

「そんなに大切なもの、お借りしちゃっていいんですか？」

思わず苑香さんに問いかける。彼女は悪戯《いたずら》っぽく微笑むと、子どもたちに聞かれないように、私の耳元で声を潜めた。

「もちろん。実は蓮華も、昨夜さんざん泣いていたの。だから健太郎くんの不安な気持ち、きっとよくわかるんだと思います」

「苑香さん……ありがとうございます」

「どういたしまして。赤ちゃんの頃よりは頻度が減ったとはいえ、予防接種のスケジュールをこなすのって本当に大変よね。頑張りましょう」

「はい……！」

苑香さんへの憧れがますます確固たるものとなるのを感じながら、深く頭を下げた。

健太郎も押し花をジッと見つめ、覚悟を決めた様子だ。

「深作健太郎くーん」

少しして、診察室の扉が開いて看護師の女性に名前を呼ばれる。カモミールの押し花を握りしめた健太郎は、しっかりと返事をすると、診察室まで堂々と自分の足で歩いていった。

「子どもには、科学的根拠《エビデンス》より花言葉だったか」

その夜、眠っている健太郎を挟んで求己さんと一緒にベッドに入ると、彼がちょっぴり落ち込んだように言った。仕事から帰ってきた彼に小児科での出来事を話して聞かせたところ、医者なのに健太郎の役に立てなかったことが悔しいようだった。

「それもそうですけど、保育園のお友達に励ましてもらったからっていうのもあると思いますよ」

「確かにな。親だけじゃなく、友達や先生から色々な刺激を受けて、健太郎はもっと大きくなるんだろう。……あっという間に成長してしまって、なんだか寂しいな」

求己さんはそう言って健太郎のやわらかい頬を撫でた後、小さな手が握りしめている人形の『マグロレッド』をそっと取り、ベッドのヘッドボードに載せる。

あの後、苑香さんと蓮華ちゃんも誘って、約束通りファストフード店に行ったのだ。

「あの、求己さん」

「ん？」

「そろそろ、ふたり目を授かれるように……頑張ってみませんか？」

健太郎が成長するにつれ徐々に抱くようになっていた願いを、遠慮がちに告げる。

妊娠、出産を経た後も夫婦生活はあるものの、お互い仕事もあるし、とりあえずは健太郎の育児に集中したかったため、私たちは必ず避妊していた。

けれど、健太郎は苦手な注射も頑張れるくらいお兄さんになったし、求己さんもパパになってますます頼もしくなった。

ここにもうひとり家族が増えたら、ますます賑《にぎ》やかで楽しい毎日になると思うのだ。

「俺も美怜と同じことを思っていたよ。きみと俺の子がもうひとりいたら、どんなに幸せかって」

布団越しに健太郎の小さな体を撫でる私の手に、彼の手がポンと重なる。指先がするりと絡められ、情熱的な眼差しで見つめられた。

「どうする？　声を抑えられるならここでもいいけど」

「たぶん無理なので……リビング、行きましょうか」

クスッと笑った彼は、啄むようなキスをした後「素直でよろしい」と囁く。

健太郎を起こさないようにベッドを抜け出した私たちは、束の間の甘いひとときを堪能《たんのう》するため、手を繋いでそっと寝室を後にした。

FIN

ファンレターのあて先

〒104-0031
東京都中央区京橋1-3-1
八重洲口大栄ビル7F
スターツ出版株式会社　書籍編集部　気付

本書へのご意見をお聞かせください

お買い上げいただき、ありがとうございます。
今後の編集の参考にさせていただきますので、
アンケートにお答えいただければ幸いです。

下記URLまたは二次元コードから
アンケートページへお入りください。
https://www.ozmall.co.jp/enquete/IndexTalkappi.aspx?id=2301

『欲しいのは、あなただけ～年下御曹司はママも子供も一途に愛す～』と
『大嫌いなドクターが最愛の夫になるまで』は2024年2月～3月に、
一部書店で配布した特典を修正・加筆したものです。

極上スパダリと溺愛婚
～年下御曹司・冷酷副社長・執着ドクター編～
【ベリーズ文庫溺愛アンソロジー】

2025年1月10日　初版第1刷発行

著　　者　葉月りゅう　©Ryu Haduki 2025
　　　　　櫻御ゆあ　©Yua Omi 2025
　　　　　宝月なごみ　©Nagomi Hozuki 2025
発 行 人　菊地修一
デザイン　カバー　アフターグロウ
　　　　　フォーマット　hive & co.,ltd.
校　　正　株式会社鷗来堂
発 行 所　スターツ出版株式会社
　　　　　〒104-0031
　　　　　東京都中央区京橋1-3-1　八重洲口大栄ビル7F
　　　　　TEL　03-6202-0386（出版マーケティンググループ）
　　　　　TEL　050-5538-5679（書店様向けご注文専用ダイヤル）
　　　　　URL　https://starts-pub.jp/
印 刷 所　大日本印刷株式会社

Printed in Japan

ISBN 978-4-8137-1691-4　C0193

ベリーズ文庫 2025年1月発売

『ドSな年下御曹司が従順ワンコな仮面を被って迫ってきます～契約妻なのに、これ以上は溺愛致死量です！～』佐倉《さくら》伊織《いおり》・著

製薬会社で働く香乃子には秘密がある。それは、同じ課の後輩・御堂と極秘結婚していること！　彼は会社では従順な後輩を装っているけれど、家ではドSな旦那様。実は御曹司でもある彼はいつも余裕たっぷりに香乃子を翻弄し激愛を注いでくる。一見幸せな毎日だけど、この結婚にはある契約が絡んでいて…!?

ISBN 978-4-8137-1684-6／定価836円（本体760円＋税10%）

『一途な海上自衛官は時を超えた最愛で初恋妻を離さない～100年越しの再愛～【自衛官シリーズ】』皐月《さつき》なおみ・著

小さなレストランで働く芽衣。そこで海上自衛官・晃輝と出会い、厳格な雰囲気ながら、なぜか居心地のいい彼に惹かれるが芽衣は過去の境遇から彼と距離を置くことを決意。しかし彼の限りない愛が溢れ出し…「俺のこの気持ちは一生変わらない」――芽衣の覚悟が決まった時、ふたりを固く結ぶ過去が明らかに…!?

ISBN 978-4-8137-1685-3／定価836円（本体760円＋税10%）

『御曹司様、あなたの子ではありません！～双子がパパそっくりで隠し子になりませんでした～』伊月《いづき》ジュイ・著

双子のシングルマザーである楓は育児と仕事に一生懸命。子どもたちと海に出かけたある日、かつての恋人で許嫁だった皇樹と再会。彼の将来を思って内緒で産み育てていたのに――「相当あきらめが悪いけど、言わせてくれ。今も昔も愛しているのは君だけだ」と皇樹の一途な溺愛は加速するばかりで…!?

ISBN 978-4-8137-1686-0／定価825円（本体750円＋税10%）

『お飾り妻は本日限りでお暇いたします～離婚するつもりが、気づけば愛されてました～』華藤《かとう》りえ・著

名家ながら没落の一途をたどる沙織の実家。ある日、ビジネスのため歴史ある家名が欲しいという大企業の社長・瑛士に一億円で「買われる」ことに。愛なき結婚が始まるも、お飾り妻としての生活にふと疑問を抱く。自立して一億円も返済しようとついに沙織は離婚を宣言！　するとなぜか彼の溺愛猛攻が始まって!?

ISBN 978-4-8137-1687-7／定価825円（本体750円＋税10%）

『コワモテ御曹司の愛妻役は難しい～演技のはずが、旦那様の不器用な溺愛が溢れてます!?～』冬野《とうの》まゆ・著

地味で真面目な会社員の紗奈。ある日、親友に頼まれ彼女に扮してお見合いに行くと相手の男に襲われそうに。助けてくれたのは、勤め先の御曹司・悠吾だった！紗奈の演技力を買った彼に、望まない縁談を避けるためにと契約妻を依頼され!?見返りありの愛なき結婚が始まるも、次第に悠吾の熱情が露わになって…。

ISBN 978-4-8137-1688-4／定価836円（本体760円＋税10%）

ベリーズ文庫 2025年1月発売

『黒歴史な天才外科医と結婚なんて困ります！なのに、拒否権ナシで溺愛不可避!?』泉野《いずみの》あおい・著

大学で働く来実はある日、ボストンから帰国した幼なじみで外科医の修と再会する。過去の恋愛での苦い思い出がある来実は、元カレでもある修を避け続けるけれど、修は諦めないどころか、結婚宣言までしてきて…!?　彼の溺愛猛攻は止まらず、来実は再び修にとろとろに溶かされていき…！

ISBN 978-4-8137-1689-1／定価825円（本体750円＋税10%）

『交際0日婚でクールな外交官の独占欲が露わになって――激愛にはもう抗えない』朝永《ともなが》ゆうり・著

駅員として働く映茉はある日、仕事でトラブルに見舞われる。焦る映茉を助けてくれたのは、同じ高校に通っていて、今は外交官の祐駕だった。映茉に望まぬ縁談があることを知った祐駕は突然、それを断るための偽装結婚を提案してきて!?　夫婦のフリをしているはずが、祐駕の視線は徐々に熱を孕んでいき…!?

ISBN 978-4-8137-1690-7／定価825円（本体750円＋税10%）

『極上スパダリと溺愛婚～年下御曹司・冷酷副社長・執着ドクター編～【ベリーズ文庫溺愛アンソロジー】』

人気作家がお届けする〈極甘な結婚〉をテーマにした溺愛アンソロジー！　第1弾は「葉月りゅう×年下御曹司とのシークレットベビー」、「櫻御ゆあ×冷酷副社長の独占欲で囲われる契約結婚」、「宝月なごみ×執着ドクターとの再会愛」の3作を収録。スパダリの甘やかな独占欲に満たされる、極上ラブストーリー！

ISBN 978-4-8137-1691-4／定価814円（本体740円＋税10%）